AF400178

FRANK D. LAWRENCE

ICH TRÄUMTE VOM CHIRURGEN

Bibliografische Information der Deutschen Nationalbibliothek:
Die Deutsche Nationalbibliothek verzeichnet diese Publikation in der Deutschen Nationalbibliografie; detaillierte bibliografische Daten sind im Internet über http://dnb.dnb.de abrufbar.

Herstellung und Verlag: BoD – Books on Demand, Norderstedt

ISBN: 9783738648928

1

Mein Name ist Rhys Faulkner und ich bin am Leben. Das sind wahrscheinlich die beiden besten Dinge, die ich derzeit über mich sagen kann.

Unter mir befinden sich die Vereinigten Staaten von Amerika, dieser Tage ein gigantisches Ungetüm, welches unsere Kehlen mit jedem neuen Atemzug, den wir nehmen, immer weiter zudrückt. Die Straßen der Stadt in der ich wohne und die wir liebevoll St. Fallen nennen sind Raubtiere, denen es nach unschuldigen Seelen giert. Aber wenn man sich die derzeitigen Bewohner so ansieht, müssen sie wohl ziemlich hungern dieser Tage. Dreizehn Millionen Menschen, nicht eine Unze Hoffnung.

Der Soundtrack der unsere Zeit begleitet ist nicht eine von Beethovens Symphonien, nein, es ist ein 8 Bit Track der aus einem uralten Spielautomaten dröhnt. Die Bevölkerung entfremdet sich zunehmend voneinander, versteckt sich tiefer und tiefer in ihren Wohnungen, die sie mehr und mehr in Festungen verwandeln. Unsere Seelen wurden befallen von düsteren Geistern, die uns in laufende und atmende kognitive Dissonanzen transformiert haben und das Böse hervorbringen, obwohl wir uns stets vormachen, eine besseres Morgen zu erschaffen.

Im Laufe der letzten Tage bin ich ein paar Mal gestorben, nur um immer wieder wiedergeboren zu werden. Ich habe unfassbaren Schmerz und Verlust erfahren, aber auch große Erlösung.

Dies ist eine ferne Zukunft, eine nahe Vergangenheit, je nachdem. Vielleicht ist es gestern, vielleicht heute. Und nun lasst mich die Uhr ungefähr eine Woche zurückstellen und mich meine Geschichte erzählen, eine Geschichte aus einer Welt, in der der amerikanische Traum zu einem genetischen Albtraum wurde...

...aber nun genug der einleitenden Worte...

2

Was zur Hölle ist das schon wieder?

Ich bin irgendwie in dieser gottverdammten Stadt.

Ich höre die Sirenen eines Krankenwagens.

Nicht so weit entfernt von mir...

Warte mal...

ICH BIN in diesem Krankenwagen.

Ich höre diese schrecklichen Schreie.

Aber es sind nicht meine. Ich bin nicht der Patient.

Jetzt beginne ich klarer zu sehen.

Vor mir sind zwei Sanitäter, die mir die Sicht versperren.

Wer ist der Patient? Ich muss es wissen!

Eine Frau... Sie sitzt dort... schwitzend. Die Beine auseinander. Flüssigkeiten am Boden vor ihr.

Sie kommt mir bekannt vor. Ich sehe in ihre Augen. Sie hat Schmerzen.

Ich versuche ihr Alter zu erraten. Anfang 20,

vielleicht?

Diese Gesichtszüge...

Haare schwarz wie Pech. Die Haut so braun. Diese Augen. Wie Mandeln, eingefärbt durch die finsterste Nacht.

So selten dieser Tage. So einzigartig mittlerweile in diesem Land.

MEINE SCHULD!

Jetzt begreife ich. Ich kenne ihren Namen. Ich liebe sie!

Was passiert mit ihr?

Ich verstehe. Sie gebärt!

Ich schließe kurz meine Augen.

Plötzlich... Schreie!

Aber sie kommen nicht von ihr.

Diese verdammten Sanitäter sind schon wieder in meinem Blickfeld!

Ich schleudere sie zur Seite. Ich MUSS es sehen.

Die Sanitäter übergeben sich. Mehrmals. Warum?

Ich gehe vorwärts... immer vorwärts...

Da...

Ein neues Leben liegt auf dem sterilen Boden. Doch es ist zerfetzt...

Eine Ratte frisst die Reste! Die Reste des unschuldigen Säuglings!

Eine Ratte! Ratte... Ratte...

Dieser Traum schon wieder!

Ich schreie so laut wie nie zuvor in meinem Leben, mal wieder...

3

"Wach verdammt nochmal auf!"

Die Worte schlugen auf meinen Kopf ein wie ein Hammer.

"Rhys, verfickte Scheiße, wach verdammt nochmal auf du fauler Hurensohn oder ich zertrümmer dir dein hässliches Gesicht!"

Ich öffnete meine Augen. Scheinbar war ich auf dem Weg zu unserem Auftrag eingeschlafen. Die liebliche Stimme eines menschlichen Bären erkannte ich trotz alles Verwirrtheit sofort- Weijn!

"Langsam, Junge, langsam. Du weißt nicht, wo ich gerade wieder war," brummte ich zurück.

Der Boden bebte. Ich begann mich zu erinnern. Ich war in diesem großen Fahrzeug. Ein gepanzerter Van voller gefährlicher Leute und schweren Waffen, alle vereint durch eine Mission, die Gerechtigkeit in diesem Land wieder einmal herzustellen. Oder so...

"Ich weiß es genau. In einem deiner kranken Träume schon wieder. Rhys, werd' endlich mal ein Mann und vergess' die ganze Scheiße! Es ist zwölf Jahre her! Zwölf verfickte Jahre!", fuhr Rhys mit seiner Lektion fort.

Tief in meinem Inneren akzeptiere ich die Weisheit dieses feingeistigen Philosophen, kam ich doch schon vor einigen Jahren zu der gleichen Erkenntnis. Was nichts an meinen Albträumen änderte.

Deshalb hatte ich einen Plan gefasst, der dieses Problem ein für alle Mal ändern würde, auf eine kreative Art und Weise. Ich musste darüber hinwegkommen. Aber dazu brauchte ich einen Haufen Geld. Geld durch Jobs wie diesen.

Obwohl es für den Außenstehenden sicherlich nicht so wirkte, war Weijn ein guter Freund von mir. Wobei Freund durchaus nicht das beste Wort ist, aber er war einer der wenigen Leuten, die ich wirklich respektierte und überhaupt leiden konnte.

Plötzlich kam der Wagen zum Stillstand. Weijn gab uns noch die letzten Informationen, alle sechs schlüpften in unsere schusssicheren Westen und Helme und dann griffen wir uns noch die Sturmgewehre. Die hintere Tür des Transportbereichs öffnete sich automatisch und entließ uns in unser tödliches Unternehmen.

Der Van befand sich verdeckt hinter einem alten, verfallenden Gebäude, so dass uns unsere Ziele nicht bemerken würden. Die Sonne begann sich bereits zu erheben und spiegelte sich in den stillen Wellen des atlantischen Meeres vor uns. Dieser Teil des gigantischen Hafens war schon lange verlassen und so bewegten wir uns durch die Einsamkeit, einstudiert durch langes Training, zielgerichtet auf eine Lagerhalle direkt an den Docks. Dahinter, direkt am Wasser, würden sie sein, die Ziele. Vollkommen ahnungslos. Und wahrscheinlich bald vollkommen tot.

Wir nahmen unsere Positionen ein. Ich platzierte mich direkt an der Ecke und holte meinen elektronischen Spiegel hervor. Ich erblickte die zwei dicken Kisten in der Mitte sofort, die Steine des Anstoßes, sozusagen. Um sie herum befanden sich fünfzehn Männer. Ein anderer am Kontrollpult eines kleinen Krans, der im Zementboden fixiert war. Er fuhr den Haken nach unten, so dass ein anderer Kerl auf eine der Boxen kletterte und ihn dort an einer Halterung fest machte.

Die Kiste begann seltsam zu wackeln. Scheinbar war dort etwas drin... etwas Lebendiges... Wir hatten ja keine Ahnung, da uns niemand etwas darüber sagte. Der Auftrag war ganz simpel formuliert: Diesen Transport aufhalten. Das beinhaltete alle Mittel. Alle.

Wenigstens waren wir rechtzeitig gekommen. Als ob wir es bestellt hätten, erhob sich etwas aus dem Meer vor uns und presste das schleimig grüne Wasser zur Seite. Die Konturen wurden mehr und mehr sichtbar.

Diese Hurensöhne - ein U-Boot!

Weijn gab uns das Signal, dass wir uns vorbereiten sollten. Es war ein kleiner Buchstabe, der im elektronischen Display unserer Helme aufleuchtete. Dann hörten wir seine dröhnende Stimme und deren Echo über den ganzen Hafen hinweg, verstärkt durch die Technologie, die in seine Ausrüstung eingebaut war: "Hier ist die Stadtpolizei. Ihr seid verhaftet. Ergebt euch und keiner wird verletzt. Die Rechte lese ich euch nicht vor, Beschwerden bitte an die Disziplinarsverwaltung.“

Wie einstudiert zuckten alle Schmuggler kurz. Dann, wie aufgescheuchte Insekten begannen sie wild umher zu rennen, dazu zogen sie ihre Waffen aus Taschen. Diese Idioten, sie hatten doch keine Chance.

Die Kugeln flogen in unsere Richtung. Ich drehte mich aus der Ecke heraus und drückte den Abzug. Ich zielte nicht lange, nutze auch keine elektronische Hilfe - ein Schuss, ein zerplatzender Kopf. Das war eine meiner speziellen Gaben. Ich war so ein guter Schütze, aus jedem Winkel, in kürzester Zielphase, egal welche Größe, egal welche Bewegung des Ziel hatte oder machte. Ich konnte jeden Kopf treffen, es war so als hätte man mir dies in die Wiege gelegt! Bemerkt hatte ich das erst während des Krieges. Scheinbar dachte Gott, dass so ein Talent genug für mich war und verweigerte mir im Gegenzug alles andere, was das Leben so zu bieten hatte...

Aber es war nicht die Zeit für nutzloses Nachdenken! Die Kugelregen hielten an. Einige unserer Gegner waren klugerweise endlich in Deckung gegangen. Es würde nichts nützen. Das U-Boot war nun komplett aufgetaucht und öffnete seine obere Klappe. Groß war es, sicherlich gebaut dazu, größere Transporte zu übernehmen. Einer der bösen Buben versuchte sich in es hinein zu retten.

Aber nicht so schnell, mein Junge, dachte ich und drückte den Abzug - ein anderer lag jetzt am Boden.

Hinter ihm fiel der Kerl, der den Kran gesteuert hatte, aus seiner Kanzel und brach sich wohl einige Knochen am harten Boden. Wenn er Glück hatte, wurde er bereits Sekunden vorher durch den süßen Kuss des Bleis aus dieser Welt gerissen. Ich wunderte mich kurz, wer von meinen Kollegen ihn erwischt hatte. Ich beneidete ihn.

Dann wurde es kritischer. Einer der Schmuggler warf etwas. Rauch stieg auf, ich musste den speziellen Sichtmodus in meinem Helm aktivieren und konnte nur noch nach Hitzesignaturen Ausschau halten. Meine Mitstreiter waren nicht so klug und feuerten einfach disziplinlos in die Wolke. Ein paar von ihnen mussten die Kisten getroffen haben. Aus ihnen folgte ein seltsames Geräusch. Ja, definitiv lebendig, dachte ich mir.

Ein Mann erschien aus der Bootsklappe. In seiner Hand war das was uns jetzt noch gefehlt hatte: ein riesiger Raketenwerfer. Heilige Scheiße.

Ich wollte die Anderen warnen - zu spät. Der Bastard schoss ziellos zurück und sein Geschoss schlug auf dem Dach des nahestehenden Lagerhauses ein und hinterließ totale Vernichtung. Trümmer und Rauch wurden durch die Gegend geschleudert. Ein paar meiner Kollegen waren dort oben positioniert.

WEIJN!, hämmerte mir durch den Kopf. Ich hoffte er hatte überlebt - aber irgendwie erwartete ich das auch von ihm.

Dann begann die Groteske. Die Detonation hatte kurze Zeit für eine seltsame Ruhe gesorgt, doch diese wurde nun jäh unterbrochen. Ein Mark erschütternder, animalischer Schrei hallte durch die vergehende Nacht - etwas hatte sich aus den Boxen befreit. Oder war zumindest auf dem Weg dorthin.

Ich zählte die noch lebenden Schmuggler. Fünf Stück. Alle hatten sich gut verschanzt, zwar waren sie vor uns wie auf dem Präsentierteller, doch der Rauch und die Deckung, die diverse Objekte boten waren gut genug, um uns die Möglichkeit zum Anvisieren zu nehmen. Sie bewegten sich kaum, scheinbar waren ihre Augen durch den Staub und das Gas gereizt. Dumme Amateure, man geht nicht ohne Gasmaske aus dem Haus, dachte ich und lachte innerlich über diese dämliche Bemerkung.

Dann passierte es. Gerade als meine Sicht wieder besser wurde, erblickte ich eine der Kisten. Sie war ramponiert und wurde jetzt von innen zerrissen. Der Bösewicht hinter ihr zuckte, bevor eine dicke Tentakel aus der Box herausgriff, ihn nahm und auf den Boden hämmerte. Gedärme und Blut spritzten herum.

Heilige Scheiße, was war das?

Im Augenwinkel über das Chaos hinweg sah ich,

dass das U-Boot seinen Deckel schloss. Da wollte wohl jemand abhauen. Kluge Idee, aber nicht mit mir, dachte ich und sprang heldenhaft aus der Deckung und feuerte ein paar Kugeln gegen das abtauchende Ungetüm. Danach verschoss ich die einzige Granate, die zum Abschuss unter dem Lauf meines Sturmgewehrs angebracht war.

Jedoch verfehlte ich mein Ziel. Die Granate prallte vom Kran ab und flog direkt in die Gaswolke, wo gerade eine undefinierbare Monstrosität ihren Schabernack trieb.

Der Sprengsatz explodierte und erzeugte zusätzlich noch Agonie gefüllte Schreie. Ein paar von ihnen waren menschlich, aber andere absolut nicht. Ich sah es; die andere Box war nun auch kaputt. Wie in Zeitlupe kam die Surrealität auf mich zu... gigantische Elefanten, immer sichtbarer werdend. Ihre Geschwindigkeit war enorm und unnatürlich. Pure Entartung auf vier Beinen! So sollte niemand seinen Dienstag Morgen verbringen!

Sie kamen unaufhaltsam. Ich drehte mich um und rannte, begleitet von den Klängen weiterer Kugeln. Nach ein paar Metern warf ich meinen Körper auf den Boden und drehte mich um, die Hitze brennenden Feuers des Infernos spürend. Ich sah noch einmal hin. Zwei arme Kreaturen, überzogen mit Brand- und Kugelwunden brachen zusammen, als sie gerade dabei waren, die Rauchschwaden zu verlassen. Wie in Zeitlupe krachten sie auf den Boden.

Sie waren weitere Opfer dieses gnadenlosen Schlachthauses geworden.

Es war dennoch vorbei. Alle Bösewichter waren tot. Oder zumindest lagen sie am Boden und ihre Ungefährlichkeit erschien uns glaubwürdig genug.

Alle Mitglieder des Teams kamen heraus und schauten sich ihr Werk nochmals an. Leichen, Blut, zerfetztes Holz.

Ich schaute mir diese Elefanten nochmal gründlich an. Sicherlich waren das nicht die gleichen putzigen Viecher, die ich als Kind im Zoo gesehen hatte. Vermutlich waren sie einfach weitere Exemplare aus der nie endenden Produktlinie der MFI. Mir war nicht klar, was irgendjemand auf der Welt mit so etwas wollte, aber der Export von biologischer Technologie und Erzeugnissen war dieser Tage ein großes Verbrechen. Wie man an dieser ganzen Operation sehen konnte - bestraft oft mit dem Tod. Die Agentur kannte da keine Gnade.

Weijn erschien hinter mir und legte mir seine Pranken auf die Schulter. Er gratulierte mir für die Abschüsse, die mir der Computer angerechnet hatte. Ja, der alte Bastard hatte überlebt. Ich dachte aber immer noch über diese armen Dickhäuter nach. Ich war traurig. Zumindest ein bisschen.

Törööö! Törööö!

Es war Zeit, die Beute einzufahren - Credits, um genau zu sein. Ein weiterer Schritt auf dem langen Weg zum Chirurgen. Und das war eigentlich alles was zählte in diesen Tage. Wundert euch nicht. So sah die Welt damals aus. Und es wird noch viel bizarrer, *bitte achten Sie auf alle Details!*

4

Eine Stunde später stand ich am Ende der langen Treppe, die hoch zu der zentralen Stadtpolizeistation führte.

Polizeistation. Das war ein Euphemismus. In Wahrheit lauerte hinter mir ein Behemoth, erschaffen aus der puren Ablehnung gegen Bescheidenheit, gesalzen mit einer großen Prise androgyner Hässlichkeit, jeden Tropfen Schönheit ausquetschend. Und um die Sache perfekt zu machen: jeden verdammten Tag fast musste ich diese verdammten tausenden Stufen nach oben gehen.

Einige Autos fuhren an mir vorbei und brachten meinen Mantel zu wehen. Viele von ihnen waren Überbleibsel einer alten Zeit, da die neueren Modelle für die meisten Leute schlicht zu teuer waren. Selbst hier sah man sie nicht: die jüngsten Vehikel, ausgestattet mit automatischer Fahrfunktion und - das war der neuste Schrei - der Eigenschaft, die mir Weijn gleich mal wieder vorführen würde.

Wo war der Bastard überhaupt? Ich hatte lange genug gewartet. Um mir die Zeit weiter zu verkürzen, entschloss ich den Himmel zu beobachten. Der Vollmond schwebte über mir, weit entfernt, und erleuchtete die Skyline dieser verrottenden

Stadt. Keine Wolke weit und breit, die Sterne hatten also die ganze Bühne für sich allein, um mit ihrer Schönheit zu kokettieren. Zumindest war es wohl das was der Romantiker jetzt denken würde - nicht ich!

Ich bemerkte sie ebenfalls mal wieder: diese seltsamen Lichter, die die schwarze Nacht von Zeit zu Zeit erhellten. Begonnen hatte dies erst vor ein paar Monaten. Es lief fast immer gleich ab: eine Art rote Explosion, dreimal, im exakt konstanten Intervall. Jeden Abend sah man ein paar von ihnen und ich war mir ziemlich sicher auch tagsüber. Aber da war es natürlich kaum zu erkennen.

Wie auch immer, es gab viele skurrile Gerüchte über ihre wahre Natur in den Nachrichtenheften und auf den Straßen, aber unsere Regierung hatte uns ja bereits offiziell schon erklärt, dass dies durch seltsamen Sternenstaub erzeugt würde, der die Erde derzeit regelmäßig bombardiere. Natürlich absolut ungefährlich. Wenn unsere oberen Herrscher das sagten, musste es ja auch stimmen und all das war ja immer noch besser als eine Ladung 70.000 Tonnen schwerere Meteoriten. Aber um die Wahrheit zu sagen - irgendwie war mir das auch alles scheißegal.

Meine Ausführungen wurden jäh unterbrochen, als mir beschleunigter Wind ins Gesicht peitschte und meine Kleidung verwehte, diesmal in verdoppelter Intensität. Wie ein hässlicher Engel kam er herunter, Weijn in seinen neuen experimentellen Fahrzeug, wobei das einfach das falsche Wort war. Schließlich konnte es fliegen. Ja, es war eines dieser futuristischen Autos, die einen Anti-Schwerkraft-Motor hatten. *The future is now*, schoss mir durch meinen schönen Kopf. Er landete genau vor meiner Nase. Das Vehikel sah aus wie ein teurer Sportwagen, nur ohne Räder - natürlich!

Das war wohl das Privileg eines Polizeigruppenführers, der gute Beziehungen zu den noch höheren Stellen hatte, da durfte man so etwas schon mal früher und billiger abgreifen, während es für den kleinen Mann von der Straße unerschwinglich war.

Der Engel hob seine Flügel; die Passagiertür ging von selbst auf. Weijn begrüßte mich mit einem fetten Gewinnerlächeln. In diesem Moment fiel mir das erste Mal auf, dass, immer wenn er saß, sich sein Körperfett schön gegen sein Kinn presste und diesen Teil seiner Anatomie verdoppelte! Nun, er versuchte sich in Form zu halten, aber zu diesem Zeitpunkt war er natürlich bereits schon zehn Jahre älter als ich.

Ich sprang hinein, Weijn drückte einen Knopf und wir hoben ab. Kurzzeitig wunderte ich mich noch, ob es bereits neue Verkehrsbestimmungen gab, um diese Art des Reisens abzudecken. Letztendlich waren aber nur wir und diese automatisierten Überwachungsdrohnen hier im Luftraum, die Drohnen, die hier 24 Stunden, 7 Tage die Woche, über uns sausten und wachten.

Von hier oben sah der sogenannte *zivilisierte Distrikt*, also der, in dem die wichtigsten Geschäfts- und Regierungsinstitutionen untergebracht waren, und die Cops regelmäßig patrollierten, regelrecht geheilt aus. Geheilt von den Narben der Vergangenheit. Niemals würde heute jemand anhand dessen, was man gerade wahrnehmen konnte, denken, dass gerade mal fünfzehn Jahre vorher unsere Feinde massive Luft- und Raketenangriffe gegen die ganze Stadt durchführten, und so ziemlich alles in gigantische Trümmerfelder, die mit zerfetztem, menschlichen Gewebe aller Altersklassen garniert waren, verwandelt hatten. Alles war neu aufgebaut, auch wenn sie viele zerstörte Gebäude und ihren klassischen, guten alten amerikanischen Stil ersetzt hatten, durch eine moderne und *neutrale* Architektur. Ich vermutete ebenfalls, dass sie auch viele alte kulturellen Artefakte niedergerissen hatten, die man eigentlich noch hätte retten können.

Wir verließen dieses Gebiet der Reichen und flogen tiefer in den Abgrund, der diese Stadt geworden war. Ein einst strahlender Diamant, der jetzt mit der widerlichsten Scheiße besprüht war, die sich ein menschlicher Geist ausdenken konnte.

Ein einst strahlender Diamant? Warum war ich an diesem Tag so melancholisch, wenn es um das alte Amerika ging? Alles in allem, war es doch Schuld an meinem ganzen Leid. Es war der Bösewicht, der mir alles nahm. Alles, was mir wichtig war. Auf der anderen Seite: diese neue Welt, die unerbittlich aus den Überresten hervorwuchs, angetrieben von einem rastlosen Verlangen, wirklich alles zu verschlingen und verändert auszukotzen, war auch alles andere als eine Wohlfühloase für mich bisher.

Die Sonne war nun mittlerweile untergegangen und ließ diesen Ort in der Finsternis zurück, die er verdiente. Unter uns war eine Kloake, gefüllt mit den wertlosesten Kreaturen, die Gott erschaffen hatte, durchgehend auf der Jagd nach den wenig anständigen Leuten, die alle auf diese neue tolle Zukunft hofften, die uns die Medien und die Regierung seit Jahren versprachen.

Es war der Distrikt, den ich meine Heimat nannte. Ich streckte meinen Nacken und blickte weit in die Ferne. Dort war das krasse Gegenteil: hinter festen Grenzposten und Barrieren waren Drohnen und Polizisten, die die reichen Leute beschützten, alles strukturiert wie ein Damm, der das Eindringen der Ratten aus meiner Gegend verhindern sollte - menschlicher Ratten!

Mein Gedankenstrom wurde endlich jäh durch eine tiefe Stimme unterbrochen.

“Hast du mitbekommen, dass der kleine Wichser tatsächlich überlebt hat?“

“Wirklich?“, antwortete ich ohne die Spur von Enthusiasmus.

“Yeah. Was für eine harte Sau. Gerade eben ist er

wohl im Krankenhaus mit schweren Verbrennungen und einer großen Schusswunde im Bauch und versucht zu überleben!"

"Na dann: viel Glück", sagte ich. Vermutlich sah der Typ im Moment aus wie ein widerlicher Fleischschneemann. Das hatte er verdient. Immerhin war er der einzige Überlebende unserer kleinen abendlichen Operation. Sah wirklich putzig aus, als wir ihn fanden.

Weijn lachte. "Und natürlich müssen wir ihm auch danken, dass er uns beide unseren kostspieligen Zielen näher gebracht hat."

"Yup."

"Willst du es immer noch machen?", sagte er.

"Ich schätze mal. Fehlt aber immer noch viel."

"Was du nicht sagst...", murmelte Weijn und seine Stimme wurde mit jeder Silbe leise.

Es war einer der wenigen Momente, wo ich so etwas wie einen Einblick in seine Seele spürte. Manchmal fragte ich mich, ob ich ihm nicht einfach mein Geld geben sollte, um ihn den Schmerz zu nehmen. Für einen Vater gab es kaum etwas Schlimmeres. Vielleicht - nur vielleicht - dachte ich, waren meine Probleme wirklich Lächerlich im Vergleich, nur ausgelöst durch meine Schwäche, nicht loslassen zu können, geboren aus meiner Selbstgerechtigkeit. Aber nur kurz. Dann verließ mich mein Altruismus wieder.

Ich wollte diese Diskussion jetzt einfach nur abbrechen. Stattdessen schaute ich mir jetzt diese riesigen, leuchtenden Werbeplakate an, die überall an den höheren Gebäuden klebten und sich beständig, dank der digitalen Projektionstechnik, änderten.

HÖR AUF ZU RAUCHEN. NICHT TRINKEN UND AUTOFAHREN. HELFT DEN ARMEN.

Und so weiter, und so weiter, alles ausgeschmückt mit netten Bildern. Alles so überzeugend und manipulierend, letztendlich vermutlich nur dazu da, um Schuld und kognitive Dissonanzen in der einfachen Bevölkerung zu erzeugen, um diese auf ihre Sünden festzufahren, und so leichter manipulieren zu können. Aber sie wollten es ja nicht anders und die jährlichen Wahlen bewiesen dies immer wieder aufs Neue.

GEHE ZUM CHIRURGEN UND WERDE WIEDER FREI!, blinkte jetzt auf einmal. Ja, ich hatte es unzählige Male gesehen. Alles dazu gelesen. Es war das große Ziel. Er konnte es tun. Aber es war noch so fern, so fern. Der Schmerz war erst mal noch da um zu bleiben...

5

Nachdem ich wieder vom Himmel zurückgekehrt war, verabschiedete ich mich noch von Weijn, der sich dann weiter auf den Weg zu seiner Familie, mit der er in dem Easter District lebte, machte. Ich gab ihm noch Grüße an seine Lieben mit, seine Frau und seine Kinder. Er war schlicht und einfach ein

Familienmensch. Das hätte ich vielleicht auch sein können, aber nein, lassen wir das...

Meine edlen Lederschuhe landeten in einer kleinen Pfütze, scheinbar hatte es hier vor kurzem geregnet und vom aufziehenden Wind ausgehend, würde es bald wahrscheinlich weiter gehen. Also sollte ich schnell weiterziehen.

Über den zerfallenden Asphalt ging ich voran, links und rechts von mir die kaputten Zäune und Fassaden eines Zementalbtraums. Der Wind wurde stärker, stark genug, dass ich meinen Fedora-Hut festhalten musste. Es wäre auch zu Schade gewesen, wenn er den dreckigen Boden geküsst hätte. Es war eine teure und seltene Ausgabe. Ich hatte aber keine Credits für ihn ausgegeben. Aber das war eine andere Geschichte.

Links von mir war eine Bar, die Versager und Alkoholiker der Gegend magisch anzuziehen. Zum Rauchen mussten sie dennoch raus und deshalb standen sie da alle herum, in ihrer unrasierten und stinkenden Pracht. Aber immerhin folgten sie den Regierungsauflagen - kein Rauchen in geschlossenen, öffentlichen Räumen. Yay, Prioritäten!

Ein paar Meter weiter war das HardBody Gym. Durch das durchsichtige Glas konnte ich meinen Blick auf ein paar heiße Mädels in ihren engen und freizügigen Outfits richten. Sie zeigten wirklich alles. Ärsche, Arme, Beine. Gleichzeitig hatten sie lange weiße Socken an. Das musste die neue Mode sein. Vor dem Fenster standen ein paar junge Männer. Wahrscheinlich von den Inseln in der Nähe der Küste, die illegal eingereist waren. Rein physiognomisch war das zu erkennen. Egal, die Polizei verhaftete diese Art Leute nicht mehr. Warum auch immer.

Ich musste auch zugeben, dass diese Girls recht saftig aussahen - aber ich hatte der Damenwelt lange abgeschworen. Und ich hatte auch keine Lust hier zu lange herumzustehen und als Perverser zu gelten, zudem waren die Kerle hier ja laut Vorurteilen recht bekannt für ihr lebhaftes Temperament, oft unterstützt durch ihre ziemlichen langen Messer.

Ich ging also weiter. An einer dunklen Seitenstraße sah ich einen Schatten langsam näher kommen. Oh Gott, nicht wieder einer dieser gewalttätigen Bandenmitglieder, dachte ich, die Sorte, die die Gegend hier immer wieder terrorisierten. Wisst schon: Raub, Mord, Vergewaltigung. Mich beunruhigte das nicht so sehr, schließlich war ich ein großer Junge und einer der wenigen, mit einer Lizenz eine Schusswaffe moderater Größe zu tragen - aber ich hasste die Bürokratie, die immer anfiel, sobald man sie dann genutzt hatte.

Aber dann fiel das dimme Straßenlampenlicht auf das Gesicht des Mannes. Es war vollkommen klar: einer der Zombies. Ja, so nannten wir diese armen Seelen in diesen Tagen. Es waren gewalttätige oder einfach nur nutzlose Jugendliche, die von der Regierung mithilfe von Drogen in einen Trance-artigen Dauerzustand verfrachtet wurden. Eine billige Methode und das beste daran: Eine Injektion hielt von der Wirkung her etwa zehn Jahre an!

Er schwankte als er näher kam. Seine blauen Augen wirkten förmlich tot. Er war lebendig und doch irgendwo in einem metaphorischen Sarg. Seine Jeans und blauer Blazer zerrissen. Für einen Zombie wirkte er auch seltsam alt, was vermutlich an den fehlenden Haaren lag - eine bekannte Nebenwirkung.

Der Anblick erinnerte mich dann an Drake. Weijns Sohn. Er war einer von diesen verirrten Geschöpfen. Eine Dummheit begangen und zack - weg. Natürlich kämpfte seine Familie darum, dieses Schicksal zu verhindern, aber es war auf legalem Weg sinnlos. Trotz Weijns Standing. Deshalb sparte er, um sich das Gegenmittel zu besorgen. Illegal. Die Ironie. Aber es war anders nicht möglich. Aber es war auch förmlich unerschwinglich. Die Gesetze des Marktes. Wenig da, viel Nachfrage. Vermutlich verdiente sich damit auch unser Geheimdienst ein paar Credits dazu, aber das war nur Spekulation von meiner Seite.

Er kam immer näher, nur noch ein paar Schritte weg. Er schaute mir direkt in die Augen. Adern die platzten, alles so weißlich. So finster und kalt. Aber irgendetwas in ihm brannte. Er hielt an und sein

Mund bewegte sich. Er versuchte etwas zu sagen!

"Tu-Turan-Turanid," krächzte er heraus. Immer wieder. Ich schob ihn zur Seite und sah ihm im Augenwinkel weitergehen. Wahrscheinlich war er zusätzlich besoffen oder high. Aber vielleicht konnte er so wenigstens etwas fühlen. Die Injektionsscheiße raubte einem jede Emotion und Empfindung.

Wie auch immer. Ich schaute auf meine Uhr. 17-30. Noch eine halbe Stunde bis mein Büro offiziell öffnete. Ja, damals hatte ich zwei Teilzeitjobs, sozusagen. Als freischaffender Kopfgeldjäger - Entschuldigung: Polizeisöldner - der von der Bullerei für spezielle Aufträge engagiert wurde und nebenbei zusätzlich als Privatdetektiv.

Warum sie auf Polizeisöldner setzten? Keine Ahnung. Wahrscheinlich billiger als eine stehende Polizeitruppe. Und das bei all dem Verbrechen. Meine Güte, in dieser Gegend sah man meine Kollegen eigentlich nie, weder fliegend noch am Boden. Höchstens mal diese metallischen Drohnen in der Luft. Und meine Güte, alles fühlte sich so sicher an! Ich glaubte damals noch nicht, dass diese Scheiß-Drohnen-Dinger überhaupt einen Nutzen hatten, außer die Bevölkerung einigermaßen zu beruhigen. Aber da lag ich falsch, wie ich später noch herausfinden würde...

Die letzten Gedanken brachten mich dazu, wieder einmal den Sternenhimmel zu beobachten. Und genau in diesem Moment sah ich sie wieder: seltsame, immer wieder flackernde Lichter. Die Öffentlichkeit hatte sie *Irrlichter* getauft, glaube ich, ein Begriff, den so ein paar Flüchtlinge aus Zentraleuropa mitgebracht hatten.

Nachdem zwei altmodische Autos vorbeigefahren waren, überquerte ich die Straße, wie das berühmte Hut. Jetzt war der Regen entfesselt. Am Ende der nächsten Straße wartete mein kleines Büro auf mich, aber gleich um die Ecke war auch mein Lieblingsdiner. Nunja, immerhin war es so ziemlich das einzige, was ich in den letzten Jahren überhaupt ausprobiert hatte, also war der Wettbewerb nicht so groß. Ich dachte nochmal eine Sekunde nach und dann entschied ich mich noch schnell was dort trinken zu gehen und mir ein Sandwich reinzuhauen. Das machte ich regelmäßig, aber ich versuchte sozialen Kontakt strengstens zu vermeiden, zumindest die meiste Zeit! Aber man kann seinen Idealen - und seien sie noch so nobel - nicht immer treu sein. Und von außen hier roch schon alles so gut.

6

Das Diner war mit einem Anstrich des Alters eingefärbt. Wände bedeckt mit geschnittenem Eichenholz, dessen Geruchsaroma sich durch den Raum verbreiteten, konstant vermischt mit dem saftigen Fleisch, welches hier serviert wurde.

Es fühlte sich jedes Mal an, als würde man nach Hause kommen. Das Einzige was mir dieser Tage fehlte war der Tabakstich in meiner Lunge, der geheime X-Faktor eines jeden Etablissements.

Über dem Boden thronten die Schädel zahlreicher Wildtiere, Trophäen einer vergessenen Macho-Kultur, die seit langer Zeit unter Feuer war. Der Gründer dieses Restaurants hatte diesen Lifestyle bis zu seinem Tod vor wenigen Jahren exzessiv gepflegt.

Ich kannte ihn gut. Europäer, ursprünglich aus einer Provinz, die man Bayern nannte. Immer stark, immer tough, doch der Krebs holte auch ihn. Vermutlich ein Vermächtnis der Schlitzaugen-Biotoxine, die sie uns freundlicherweise regelmäßig vorbeigeschickt hatten.

Aber glücklicherweise gab es da ja auch noch seine bezaubernde Tochter Elke. Elke Brysch. Heute bediente sie ganz alleine, gerade eben stand sie zapfend hinter der Bar.

Ich schaute über die Tische. Wenig Gäste heute, und die die da waren, waren Mitglieder der Fraktion *alt und hässlich*. Das grelle Neonlicht, welches hier vorherrschte, verbesserte ihren Look dann auch nicht wirklich. Diese hässlichen umweltfreundlichen Lampen ruinierten auch hier einfach alle Schönheit, aber Gesetz war Gesetz. Alles für das bessere Morgen.

Elke hatte mich bemerkt und lächelte mich an. Ihr gefärbten langes, blondes Haar hing herunter und hatte ein paar der Essensfette und -wolken absorbiert. Trotz des spärlichen Lichts stachen ihre Panther-artigen blauen Augen quer durch das Diner, direkt in meine Seele.

Ihr Gesicht war länglich, dünn, wie auch ihr Körper. Keine Unze Fett, Beine lang wie der Schwanz eines schwarzen Pornostars und die Muskulatur gut definiert, wie man auf ihren freigelegten Schultern erkennen konnte. Ihre großen, blassen rosa Lippen begannen, sich zu bewegen: "Guten Abend, Rhys."

Ich schaute ihr tief in die Augen. Dieses Gesicht. Ein gestretchtes Oval wie ein Pferd, nur viel schöner, dazu noch diese wahnsinnig süßen Sommersprossen auf ihrer spitzen Nase. Ach ja, ich hatte mich mal wieder in ihrem Anblick verfangen.

"Abend, Elke...", stotterte ich ihr entgegen.

Ich nahm mir einen dieser rustikalen Barstühle und setzte mich. Dabei tippte ich auf das Holz vor mir und spürte die klebrige Schicht, die es überzog.

"Das Gleiche wie immer, der Herr?"

Ich nickte. Sie drehte sich geschwind um und mischte das Zeug in ein Glas. Eine spezielle Mischung mit geheim Zutaten aus Südamerika. Manchmal pumpte es dich auf wie einen Steroidbullen, manchmal machte es einfach nur schläfrig. Warum auch immer.

"Also, Herr Faulkner, wie war der Auftrag?"

"Naja, bin noch am Leben. Ein paar tote böse Buben und leider auch ein paar tote Elefanten..."

Sie kicherte. "Elefanten?"

"Seltsame Welt, seltsame Dinge. Das weißt du doch.", sagte ich verspielt.

"Hast wohl recht. Aber gut, dass du noch hier bist."

Ihr Zwinkern dabei brachte mich mal wieder zum Grübeln über dieses bezaubernde Wesen vor mir. Was fühlte ich für sie? Oder, was noch viel wichtiger war, was fühlte sie für mich? Ich war mir absolut nicht sicher. Sie mochte mich offensichtlich, aber bei Frauen ist das ja nie so leicht. Und die Konsequenzen... Ich dachte jedenfalls immer weiter. Das typische Kopfkino. War ich nicht sowieso zu alt für sie? Ich wusste ihr Geburtsjahr nicht, aber sie war - mindestens - zehn Jahre jünger.

Sie unterbrach mich mit einem mysteriös angehauchten Satz: "Wo du gerade von seltsamen Dingen sprichst..."

"Ja?", stotterte ich, aus dem Konzept gebracht.

"Hast du auch diese seltsamen Träume?"

"Nun, geplagt werde ich ja schon lange von diesen Albträumen. Seit mehr als zehn Jahren. Also kann ich das gewissermaßen bestätigen."

"Albträume von was? Über was? Vom Krieg?"

"Teilweise. Ist aber nicht die ganze Geschichte-"

"Dann erzähl sie doch!", sagte sie. "Oder träumst du etwa von mir?"

"Wirklich. Sind so ein paar Dinge. Will jetzt nicht darüber reden.", wich ich aus.

"Dinge, die du damals getan hast?"

"Vielleicht, vielleicht auch nicht. Ist mir jetzt einfach zu persönlich. Vielleicht eines Tages erzähle ich es dir."

"Du weißt doch - ich verurteile niemanden wegen der Dinge, die er damals im Krieg tat!"

"Weiß ich.", grummelte ich zurück.

"Also, du könntest mich heute Nacht ja mal besuchen."

"Nein, muss arbeiten!", unterbrach ich sie schnell. Ich wollte aus dieser Situation einfach irgendwie herauskommen.

"Dann vielleicht ein anderes mal."

"Elke, du musst wissen -"

Mein Satz wurde jäh unterbrochen durch den unangenehmen Zeitgenossen hinter mir, der aussah, als würde er regelmäßig Kühe in sich hinein schlingen und die Eingangstür gerade zugeknallt hatte, als wollte er sie durch Zeit und Raum schleudern. Ich nutzte diese Ablenkung geschickt und änderte das Thema unserer Unterhaltung.

"Wie sieht's denn jetzt mit diesen Träumen aus?", fragte ich, unschuldig wie ein junges Kind.

"Ach ja. Die Träume.", sagte sie und blickte mir tief in die Augen und presste die ihrigen leicht zusammen. Das konnte ich nicht so ernst nehmen und reagierte mit einer sarkastischen Konterbewegung meiner Augen.

"Vor ein paar Tagen ging es los," fuhr sie fort.

"Furchterregend!", schritt ich ein, natürlich mit

einer ironischen Einfärbung meiner Tonlage.

"Jedes Mal sind da diese seltsamen Kreaturen -"

"-die dich fressen wollen?", lachte ich sie an.

"Hör jetzt auf!", rief sie, leicht verspielt, leicht ernst.

"Versprochen!"

"Kleine Wesen sind es. Haben so was altgriechisches. Sie sind klein und hüpfen glücklich durch die Gegend."

Irgendwie spürte ich, dass ihr Puls leicht das Rasen begann.

"Klingt doch nicht so schlimm.", warf ich ein.

"Ja. Aber dann geht es immer wieder los. Da ist so ein kaltes, metallisches Ding. Sieht aus wie eine Mischung aus Mensch und Krake... in Stahl gegossen..."

"Und was tut es?", sagte ich. Ich muss zugeben, dass mich dieses Thema etwas nervte. Ich guckte auf meine Uhr. Zehn Minute hatte ich noch. Ich nahm einen Schluck. Ihr fiel das alles auf und ich hoffte einfach, sie würde das nicht zu persönlich nehmen.

"Es schnappt sich diese süßen Dinger. Tötet sie. Überall Blut!", haspelte sie auf einmal. Es war ihr hörbar ernst. Ich streckte meine Hand aus und berührte ihre rechte Schulter.

"Ist alles okay. Aber mal ehrlich: Ist doch bloß ein Albtraum und du bist sicherlich nicht die einzige die so etwas hat -", versuchte ich sie zu beruhigen.

“Aber das ist es ja. Ich BIN nicht die einzige!“, flüsterte sie.

“Was meinst du?“

“Einige Kunden haben mir genau das gleiche erzählt.“ Ihre Stimme klang auf einmal so anders. Andere Modulation. “Und gestern auch noch eine Freundin.“

“Eine Epidemie der schlechten Träume? Vielleicht ist was im Essen!“

“Du verstehst es nicht!“, sagte sie leicht enttäuscht.

“Häh?“

“Der gleiche Traum. Sie erzählen alles das Gleiche! Manchmal sind die Details unterschiedlich, aber... Auch die Gefühle... so intim... als würde man von einem fremden Wesen berührt werden...“

Ein Blitz zuckte hinter mir, erhellte die Fenster und der Regen hämmerte auch immer stärker gegen die Scheibe hinter mir, wie springende Bohnen in einer Blechbüchse.

Ich zögerte einen Moment. Ihre Stimme gab mir so ein unheimliches Zittern. Aber ich hielt wirklich nicht viel davon. Wahrscheinlich hatten alle so einen schlechten Horrorfilm gesehen, die regelmäßig von der anderen Seite des Atlantiks von diesen degenerierten Froschmenschen produziert wurden. Ich behielt diesen Gedanken aber natürlich für mich.

Sie war wahrscheinlich eh schon angepisst genug

von mir, aber ihre ruhige und rationale Persönlichkeit würde es nie zulassen, das zuzugeben. Das war ja auch der Grund, warum mir ihr Anflug von leichter Panik tatsächlich so ein ungutes Gefühl machte. War einfach nicht ihr Stil.

"Okay. Und warum arbeitest du heute allein?", lenkte ich das Thema mal wieder ungeschickt um.

"Kann mir keine Bedienungen mehr leisten!", sagte sie. Ihre typische Stimme war zurück!

"Wieso?"

"Die neuen Steuern und Mindestlöhne. Neue Regularien. Das ganze Zeug halt."

"Verstehe. Ja, sie saugen uns mehr und mehr aus."

"Wenigstens ist es für einen guten Zweck.", sagte sie. "Das Geld wird genutzt, um den Armen zu helfen und ein neues, besseres Morgen zu erschaffen."

Den Slogan hatte sie bestimmt neulich im Fernsehen gesehen.

"Ich sehe nicht, wie dieses neue Morgen so besser ist, bis jetzt. Irgendwie doch eher ist fast das Gegenteil der Fall."

"Es dauert halt. Und Leute wie du und ihre Einstellungen machen das nicht einfacher."

Sie klang so ernst. Aber ich wollte jetzt absolut nicht streiten. Ein Teil der Steuergelder flossen ja immerhin an mich, wenn die Polizei - der Staat somit - mich wieder zum Töten engagierte.

Ich musste raus aus der Situation. Und die Zeit

war eh abgelaufen. Nur noch fünf Minuten. Obwohl es bei meinem Job kaum einen Unterschied machte, wann ich kam. Meistens, zumindest.

"Wahrscheinlich hast du recht," sagte ich und stand auf. Ich nickte ihr noch einmal kurz zu. "Dein Drink war echt klasse. Sehen uns morgen."

Sie lächelte zurück und winkte mir zum Abschied.

Ich verließ das Diner und die Finsternis hatte mich zurück. Starker Regen, mein Mantel gegen mich gepresst. Ich ging um die Ecke, mied ein paar Pfützen und Hundescheiße, und schon war ich da. An einer dicken Holztür war mein Name graviert, auf weißen Grund: RHYS FAULKNER. PRIVAT-DETEKTIV.

Ich nahm meine Schlüssel, sperrte auf und betrat meinen kleinen, schäbigen Zufluchtsort. Dann bemerkte ich, dass ich müde geworden war. Ich lief über die alte Papierzeitung am Boden und tauchte in den Ledergeruch ein, der den Raum charakterisierte. Ich kam zu meinem Schreibtisch, der voller Papier und Stiften war, sowie einem Computer-Terminal. Ganz am Rand stand eine antike Schreibmaschine, die ich manchmal benutzte, um brisante Dinge aufzuschreiben.

Ich versank in meinem Bürostuhl und fühlte den rauen, grünen Stoff. Ich lehnte mich zurück und wartete. Ob jemand kommen würde? Ich wartete immer weiter. Und wartete.

Dann fielen mir die Augen zu. Verdammter

Drink! Ich musste langsam alt werden. Hypnos rief mich zu sich. Ich traute mich nicht, ihm diese Einladung abzuschlagen. Wäre ja auch unfreundlich gewesen.

7

Ich nehme die metallenen Stufen. Schritt für Schritt. Ich muss die Tür erreichen! Sie lacht mich an.

Ich höre Schreie. Von Innen. Ich muss es wissen! Ich stürme in die Wohnung. Der Boden ist so alt. Er krächzt bei jedem meiner Schritte. Staub in meinen Lungen. Die Schreie, das Weinen - es wird lauter... alles ist so finster...

Ich sehe einen Umriss ein paar Meter von mir entfernt. Es ist eine Frau in einem Schaukelstuhl, der auf und ab wippt. Sie hält etwas fest. Nur ein Schatten... Warum ist es denn so kalt hier? Ich gehe vorwärts... Ich muss es wissen!

Ein anderes Geräusch taucht auf. Beißt mich förmlich. Jetzt ist es still. Ich bin nah genug. Ich sehe es. Eine schöne Frau. Die Brüste nackt. Sie hält dort etwas hin...

Ich verstehe! Ein Baby. Wunderschön!

Schon wieder der Krach! Schneidet in meine Seele hinein. Verschwinde! Ich muss es bekämpfen!

Die Frau bemerkt mich. Blickt mich an. Ihre braunen Augen. So sanft. Sie lacht. Ich lache zurück. Doch dann... wieder das GERÄUSCH! Lauter, lauter, lauter!

Das Gesicht des Weibes verwandelt sich in etwas anderes. Und trotzdem kommt sie mir so bekannt vor... doch dieser Blick... Hexenfratze! Sie beginnt zu Schreien. Hysterie!

Oh nein. Das Baby... es rollt ihr aus der Hand. Ich will es greifen... zu spät... da liegt es, eingepackt in einem sanften Handtuch.

Der Lärm!

Etwas kommt aus dem Handtuch!

Nein! Nein!

Nicht schon wieder!

Die gigantische Ratte... blutverschmiert...

Ich kann nicht mehr atmen. Der KRACH!

Sie springt mich an! Sie hat riesige Zähne.

Auf dem Weg zu meinem Hals..

Nein!

Schneide in mich hinein, Chirurg. SCHNEIDE IN MICH HINEIN!

8

Hypnos hatte mich fest im Griff. Der Schlaf muss nicht lange angedauert haben, aber mein Gehirn arbeitete noch nicht vollständig. Ein Nebel war um es herum und ich glaubte, eine Stimme zu erkennen, die sich durch ihn durchkämpfen zu versuchte. Ich verstand aber kein Wort.

Ich hob meinen Kopf - er lag auf dem Schreibtisch! Schmerzte. Musste herunter geknallt sein. Ich bereinigte die Situation und kehrte in eine bequeme Sitzposition zurück. Meine Augen wanderten durch den quadratischen Raum. Die Tapeten waren Jahrzehnte alt und hingen runter wie die Haut einer Frau mittleren Alters.

Neben der Tür stapelten sich die Haufen Akten. Ich vermied es, digitale Daten zu speichern. War zu gefährlich.

Das Licht war dimm, da meine Jalousien an den zwei Fenstern unten waren und nur leicht gekippt. Kurzum: Der Raum sah aus wie eine runtergekommene Bruchbuden, nicht wie die Heimat eines Weltklasse-Privatdetektivs.

Die Stimme sprach wieder. Ziemlich hohe Tonlage. Jetzt erkannte ich mehr. Eine Frau!

Oh Gott.

Ich wollte doch schon seit Wochen aufräumen. Aber unterbewusst hatte ich wohl keine neuen Fälle erwartet. Es war ja auch schon lange her. Aber man kennt ja das alte Sprichwort mit dem Huhn.

Mein Gehirn funktionierte wieder ziemlich gut, gut genug, um die Klangschnipsel richtig zu erfassen. Es klang ziemlich besorgt: "Mr Faulkner... geht es ihnen gut?"

"Ja, nur kurz eingenickt.", stotterte ich zurück.

"Gut. Ich hatte schon Angst.", sagte die seidige Stimme.

Ich entschied mich nun dem potentiellen Kunden ins Auge zu sehen. Mittlerweile hatte sich meine

Sicht wieder gut genug angepasst. Also, da war nun dieser Schatten vor mir, nette Form, betonte Hüften, durchschnittliche Größe, die ganze Wahrheit jedoch versteckt unter einem sehr teuer aussenden schwarzen Mantel. Und ein netter Vorbau auch noch dazu.

Jetzt begutachte ich den Kopf. Gott... Diese langen, schwarzen Haare. Die braune Haut. Je mehr ich sah, desto mehr kam ich ins schleudern. Das Gesicht war ein Gruß aus der Vergangenheit, so schien es mir. Und auch eines dieser speziellen Physiognomien, die man dieser Tage - wie erwähnt - nicht mehr so oft sah. In diesem Land, zumindest. Die schrägen Augen. Wie Mandeln. Ein Blick in eine Zeit, die lange vorbei war...

Aber das waren nur persönliche Erinnerungen. Unwohl, aber auch irgendwie froh über diesen Anblick bemerkte ich noch ein weiteres, scheinbar - in diesem Moment - unscheinbares Detail. Vollkommen unabhängig von der anderen Sache gab es da noch etwas, was mir an diesem Gesicht so bekannt vorkam. Es erschien mir aber auch absolut nicht wichtig.

"Nehmen Sie bitte Platz.", sagte ich, im Versuch jetzt mal den Fokus auf die geschäftlichen Dinge zu legen. Sie folgte meiner Anweisung und ich aktivierte meinen mentalen Detektivmodus, weg mit der Verwirrung, ernstes Gesicht, verstärkt durch meinen starken Unterkiefer und meine kantigen

Gesichtszüge - so jedenfalls wünschte ich mir, dass es war.

"Also, Frau…", sagte ich in meiner tiefen und ruhigen Stimme.

"Abohzo. Sarah Abohzo."

Sagte mir gar nichts. "Frau Abohzo. Klingt doch ganz gut. Klingt schön. Passt zu seinem Besitzer."

"Ach, hören Sie auf mit ihren Schmeicheleien.", sagte sie, aber ich fühlte auch, dass die Härte in ihrer Stimme nur vorgetäuscht war. "Sie müssen doch wissen, dass die Tage, in dem die Kommunikation zwischen Mann und Frau so abläuft lange vorbei sind."

"Yeah… aber alte Gewohnheiten sind hartnäckig, schätze ich.", sagte ich. "Also. Was kann ich denn für Sie tun?"

Sie lehnte ihren Kopf vor. Was bedeutete, dass ich ihre Schönheit jetzt noch mehr wertschätzen musste!

"Der Grund warum ich da bin, ist auch der Grund, warum ich so forsch reagieren musste. Es geht um meinen Mann." Züge einer Entschuldigung schwangen in ihrer Stimme mit.

Mein Kopfkino begann zu feuern. War er von einer Horde Jungs von den nahen Inseln gekidnappt worden? Wurde er der Spionage für die Sowjets bezichtigt? Wurde er von ein paar bösen Buben reingelegt und die hatten ihm ein paar brisante Dinge zugesteckt, wie, was ja ganz verwerflich war, private Datenspeichermedien? Es war also Zeit für ein neues Abenteuer des Rhys Faulkner, auf der Suche nach Beweisen, stolpernd in ein Abgrund der Romantik und Spannung? Doch es kam anders: "Ich glaube, er hat eine Affäre mit einer anderen Frau."

Man kennt ja das Gefühl, wenn man gerade wichst und sich plötzlich das holografische Bild des dickbusigen blonden Chicks in einen haarigen, alten, übergewichtigen Mann verwandelt - gerade bevor man abspritzen wollte? Ja, diesen Scherz hatten sie mir mal gespielt... Und so fühlte sich das an. Eheschnüffeleien. Oh Gott, spannender konnte es ja nicht werden!

"Frau Abohzo, verstehen Sie mich jetzt nicht falsch, aber haben Sie meine Preisliste gesehen? Mein Stundenlohn ist im oberen Drittel und ich verlange für alle Jobs die gleichen Raten."

Rhys, du bist echt ein Idiot, dachte ich. Du brauchst Geld und versuchst Sie dann auch noch herauszureden? Das könnte doch einfach und sicher verdientes Geld sein - im Gegensatz zu deinem letzten Fall vor ein paar Monaten, der mit der Vergewaltigergang!

"Ja. Aber Geld ist kein Problem."

"Verstehe. Aber warum ich? Mein guter Ruf?"

"Habe was über Sie gehört.", sagte sie und klang leicht verführerisch - aber das war wohl eher meine Wunschvorstellung. "Zusätzlich will ich das alles unter dem Teppich halten, wenn Sie verstehen was ich meine.“

Ich verstand voll und ganz. Aber was war, wenn sie nur eine dieser Regierungsagenten waren, die Loyalität überprüften?

“Nun, in dem Fall geht der Preis noch mehr hoch!“, sagte ich.

“Auch kein Problem.“

Irgendwie auch keine überraschende Antwort, bei dem teuren Mantel. Aber ich musste vorsichtig sein. Und warum überhaupt war SIE so vorsichtig, wenn es doch um so eine simple, natürliche, häufige Sache ging?

“Okay. Aber warum dann so geheimniskrämend? Ich glaube doch nicht, dass die Regierung so viel Interesse an ihrer privaten Situation hat.“

Sie zögerte kurz. “Sie müssen verstehen: Mein Mann arbeitet für die MFI.“

MFI. Einer der drei Industrieleviathanen dieses Landes. Ein Monopolist im Bereich der genetischen Technologie - weltweit einzigartig - mit enger Verbindung zur Regierung - diese beherrschte den Konzern vermutlich mehr, als umgekehrt. Eine der Änderungen seit der großen politischen Umwälzung nach dem Krieg.

“Verstehe es trotzdem noch nicht.“

“Mein Mann hat eine gute Stellung in der Marketing-Abteilung. Er ist aufstrebend und will die höheren Positionen erreichen. Und ich will ihn nicht in eine dumme Situation bringen...“

Jetzt war ich verwirrt. "Dumme Situation?"

"Er hat mal so etwas angedeutet. Vor einem Jahr. Einige seiner internen Konkurrenten haben Beziehungen zu Z-Corp."

Z-Corp. Einer der anderen drei Industriegiganten. Monopolist im Bereich IT. Aber im Gegensatz zur MFI gab es viele andere Firmen auf der Welt, die ähnliche Leistungen anboten.

"Und Sie meinen also ernsthaft, die würden dann diese persönlichen Daten über ihren Mann anfordern und ihn erpressen, so bald ich sie abspeichern würde?"

"Genau."

"Aber falls ihr Mann Sie betrügt... warum interessiert Sie das dann überhaupt? Hat er es dann nicht verdient?", sagte ich vollkommen schonungslos.

"Weil... ich nicht so bin.", sagte Sie. Sie klang leicht beleidigt.

Nun war ich beeindruckt. Falls das wirklich der Grund war und Sie nicht doch ein Geheimagent der Regierung war. Aber daran zweifelte ich nun - und ich war nicht gerade leichtgläubig.

"Na gut. Dann schnappe ich mir jetzt Zettel und Bleistift und gehe an die Arbeit.", grummelte ich. Im Hinterkopf seufzte ich in Anbetracht des Aufwands. Die Akten in der Ecke würden wohl anwachsen.

"Nicht ganz." Sie griff in ihre Seitentasche und zog etwas heraus. Es war ein flaches, Teller-artiges

Objekt. Ich verstand. Ein Datenpad. "Absolut keine Online-Verbindung. Alle wichtigen Infos, die Sie brauchen bereits eingespeichert."

Jetzt war ich sprachlos. Da war jemand auf dem Schwarzmarkt. Billig sind sie nicht. Teuer genug, dass ich mir schon seit Jahren keine mehr gekauft hatte.

Wusste Sie, dass ich tagsüber eine Art Cop war? Eine der lustigen Widersprüche, die so aufkamen wenn man gleichzeitig Polizeisöldner und nachts dann Privatdetektiv war, der gerne mal die Regeln brach und brechen musste. Schöne Heuchelei.

"Und behalten können sie es auch.", fügte sie hinzu.

Nun, ich besaß zwar schon ein paar, aber mehr konnte nicht schaden. Der Job würde zwar langweilig sein, aber vielleicht jetzt doch ganz locker. Und sie war kein Agent. War mir jetzt sicher.

Ich bemerkte, dass sie auf dem Sprung war, zu gehen.

"Frau Abohzo... zuerst..."

"Alles ist auf dem Pad!"

"Ja, aber wie komme ich an mein Geld?", rief ich, als sie bereits fast an der Tür war, hinbewegt hatte sie sich mit einem wackelnden, sexy Gang.

"Alles auf dem Pad!", sagte sie, öffnete und knallte die Tür zu als ich noch hörte: "Sehe Sie morgen, gleiche Zeit, gleicher Ort, kein Kontakt bitte."

Wow. Weg war sie.

Nun, Rhys, jetzt hattest du was zu lesen den Abend. Ich nahm das Pad und begann es zu studieren.

9

Ich saß bereits seit knapp einer Stunde in meiner antiken Corvette, direkt vor dem MFI Hauptgebäude und bis jetzt war nichts.

Obwohl eine digitale Datei seines Antlitzes hatte, konnte ich sie nicht in die Gesichtserkennungssoftware des Autos laden, die mit den Sensoren in der Winschutzscheibe verknüpft war, und mir sofort einen Alarm geben würde, wenn sie bei einer Person Herrn Abohzos Gesichtszüge entdecken würde.

Versprechen abgeben macht dein Leben immer schwerer. In diesen Tagen war jedes datenverarbeitende Gerät an ein staatsweites Datennetzwerk gekoppelt. Alle Daten wurden dann in einem gigantischen Kern gesammelt und gespeichert. Offiziell durchsuchte die Regierung diese dann mit ein paar automatischen Algorithmen, um gefährliche Handlungen der Bürger zu entdecken - hauptsächlich ging es dabei um genetische Manipulation oder Terrorismus. Das wurde entschieden, nachdem das Potential der Biotechnologie seine grausame Fratze zeigte. Jedoch brauchte man um dies effektiv durchzusehen immer Computersysteme - aber selbst ein Einzelner konnte wohl ein tödliches Pathogen in seiner Freizeit züchten.

Es gab ja bereits einen schrecklichen Präzedenzfall. Die so-genannte Freiheitsmikrobe, die uns vor der feindlichen Besetzung schützte, einst, aber gleichzeitig Hunderttausende dahinraffte. Aber damals nannten die Propagandasendungen diesen kleinen Bastard (gut, Bastarde, es waren ja ein Haufen dieser Winzlinge) einen *wahren amerikanischen Held*. Ein Mikroorganismus als Volksheld.. Willkommen in der Welt des mittleren 21. Jahrhunderts...

Dieser Held und ich hatten dann ja auch noch eine persönliche Geschichte, eine Rechnung war offen, die man jedoch nie begleichen konnte. Aber mehr dazu später.

Mein Auto war geschützt durch die Dunkelheit, zudem hatte ich alle eigenen Lichtquellen deaktiviert. Nur die anderen Verkehrsteilnehmer erhellten die Umgebung hier und da, wenn sie vorbeifuhren. Und trotz allem hatte ich durch die in der Frontscheibe integrierten Nachtlinsen einen guten Blick auf den Eingang des MFI Gebäudes, wenn auch mit einem leichten neon-grün Stich ausgelöst durch den Sichtmodus.

Der Komplex war sicher, gebaut in einem der reicheren Distrikte St. Fallens; hätte ich keine Polizeiidentifikationsmarke gehabt - keine Chance diesen zu betreten.

Die gigantischen Stahlbetonkolosse der Gegend

erinnerten mich an die Bilder alter europäischer Burgen, die ich in Büchern gesehen hatte, nur mit dem kleinen Twist, dass sie mit einer mechanischen, grünlichen Schicht überzogen und von aller Unebenheit bereinigt waren.

Es war nun fast einen Tag her, seit mich diese exotische Dame namens Sarah Abohzo engagiert hatte. Ich verbrachte die vorherige Nacht, den verbindungsfreien Datenapparat zu studieren, den sie mir gegeben hatte.

Ihr Mann Jeremiah war ein Enigma für sie, er erzählte ihr regelmäßig, dass seine Arbeit geheim war und sie nichts wissen durfte. Dann, vor ein paar Wochen, kam er immer später und später nach Hause. Das wäre ja alles nicht so mysteriös gewesen, aber wie eine echte Frau fiel ihr zunehmend ein seltsamer weiblicher Geruch an ihm auf, kombiniert mit Zigarettenrauch und ein paar Strähnen langen Haares mannigfaltiger Farben.

Mittlerweile mussten wohl hunderte von Menschen aus diesem Gebäude gekommen sein und ein paar Dutzend hinein, aber ich war mir sicher, dass ich ihn nicht übersehen hatte. Ich hatte sein Auto entdeckt und mich gut platziert, es stand nur ein paar Schritte weiter entfernt.

Oben im Himmel, weit entfernt, feierten die Irrlichter wieder eine Party und färbten die dunklen Wolken rötlich ein. Der Geruch von Stoff berührte meine Nase. Ich hörte dröhnende Geräusche über mir, die bestimmt von diesen Überwachungsdrohnen kamen. Im Mondlicht sah ich drei fliegende Polizeiautos. Ihre Sirenen waren laut wie nukleare Bomben, ihre Warnsirenen rotierten wie ein Planet aus den Fugen.

Aus Langeweile begann ich zu spekulieren, wo sie wohl hinfliegen würden. Wahrscheinlich eine Staatsangelegenheit - oder zu reichen Leuten mit Problemen. Gewalt gegen die kleinen Leute und deren Probleme berührten sie ja nicht, deshalb gab es ja uns Privatdetektive, die ein fester Bestandteil der Gerechtigkeit in diesem Staat geworden waren. Wenn man es sich leisten konnte, aber da gab es was für jeden Geldbeutel. Wie auch immer, alles in allem ein typischer Abend in einer Drecksstadt, welche auf ein neues Morgen hinarbeitete...

Sollte ich einen Drink nehmen oder eine Rauchen? Nein. War bei der Arbeit. Aber es war so langweilig. Wahrscheinlich war der Bastard längst durch einen Hinterausgang verschwunden und hatte gerade Spaß mit gut gebauten Nutten von den Küsteninseln.

Ein stämmig-fetter Mann mittleren Alters schritt die Treppen hinunter. Das war er nicht. Abohzo war in den Dateien als eher dünn beschrieben wurden.

Aber hinter ihm, da war jemand. Etwa 1 Meter 83, gute 70 - 75 kg, Mitte 30, dazu noch charakteristische dicke Gläser. Das sah gut aus. Ich zoomte heran, sodass sein Gesicht auf der Windschutzscheibe erschien. BINGO. Das war er. Jeremiah Abohzo, du wirst mein sein, dachte ich.

Er war allein und stieg in sein Auto ein, nachdem er seine Aktentasche am Rücksitz platziert hatte. Er schaute sich nicht um. Ich deaktivierte meine automatische Fahrfunktion und startete den Motor, um ihn manuell fahrend zu folgen. Ich hasste diesen Teil des Jobs, ich hasste Autofahren, aber der *Auto-Drive* konnte nur Orte anfahren, keine Leute verfolgen. Wäre so schön gewesen. Wie auch immer, ich fuhr ihm unscheinbar hinter her, wie eine hinterhältige Schlange auf dem Weg zu ihrer Beute. Ich liebte diesen Teil des Jobs mit perverser Freude, eine der wenigen Freuden in meinem Leben.

Meine Karre rollte durch diese Straßen des Reichtums und der Dekadenz. Die Abohzos lebten in der gleichen Gegend, so viel teilte man mir mit. Der Kerl hatte einen guten Job, aber für die richtig reichen Distrikte reichte es noch nicht. Aber von seinem bisher eingeschlagenen Weg sah es auch wirklich so aus, als wollte er ganz woanders hin, mit Sicherheit nicht zu einer lieblichen Frau. Meine Autokamera machte ein paar Beweisbilder, für alle Fälle.

Ich war nun 15 Minuten unterwegs gewesen. Man sah sie noch selten, aber während der Fahrt hatte ich endlich mal eine dieser neu erschaffenen Transportvehikel gesehen. Vehikel war aber das falsche

Wort - es handelt sich um muskulöse Kreaturen - vergewaltigte Pferde, mehr wie Elefanten! - mit vier Beinen, die durch die Straßen ritten und gerne als umweltfreundliches Autofahren bezeichnet wurde. Es waren Schöpfungen der MFI. Manipulierte Tiere. Ich kannte die Originale, diese hier wirkten einfach nur wie unheimliche Abscheulichkeiten der Natur. Ich werde mich niemals auf solche Dinger setzen!

Wir waren immer noch in einem reicheren Gebiet. Die Häuser waren mittlerer Größe und relativ schön, wenn auch etwas leblos. Diese Zäune, die Gärten. Reihenhäuser. Alles so sauber, unbekannte Reinheit! Ich kam so sollten in diese Bereiche, dass ich vergessen hatte, wie schön so etwas sein konnte.

Abohzo hielt an vor einer kleinen Kneipe, direkt neben einer vorortlichen Wiese neben einem Fußballfeld, etwa 100 Meter vom nächsten bewohnten Haus entfernt. Er stieg aus, ohne erkennbare Anstalten und lief zur hölzernen, leicht heruntergekommenen Eingangstür. Ich wartete noch zwei Minuten und folgte. Nicht ohne ein Münzen-großes Gerät mitzunehmen.

Na, du kleiner Teufel, schnappst dir also so eine nette Dame hier, dachte ich noch kurz, als ich die Schwelle überschritt.

10

Die abgenutzte Jukebox in der Ecke spielte einen wertlosen Song, der auch aus diesen Retrovideospielautomaten hätte kommen können, die die europäischen Flüchtlinge so liebten und auch fleißig verkauften, um ein paar Credits dazuzuverdienen. Eine sich wiederholende Kaskade mechanischer Klänge, die seltsame Bilder in meinem Kopf erzeugte.

Der Laden war viel schmieriger, als man es in dieser Gegend erwartet hätte. Der Boden klebte mich förmlich fest, als ich durch die Bar schritt und dabei die süßen und alkoholischen Schwaden, die sich in diesem Raum breitgemacht hatten, absorbierte.

Der Barkeeper murmelte etwas, was ich nicht verstand. Bestimmt Hallo oder so. In der Ecke sah Abohzo, an einem kleinen Tisch, direkt an der welligen weißen Wand. Ganz allein.

Die Bar war quadratisch aufgebaut. Ich nahm auf der anderen Seite Platz, so dass ich mein Ziel einfach beobachten konnte, ohne den Kopf drehen zu müssen. Ich war einmal wieder kurz davor, meinen Spezialdrink zu ordern, aber in der letzten Sekunden zerfetzte ich meine inneren Dämonen und bestellte ein Alkohol-freies Weißbier.

Zehn Minuten vergingen und nichts passierte. Abhozo saß dort und nippte an seinem Softgetränk und klopfte dabei mit den Fingern auf den Tisch.

Er schien jedoch die Tür aufmerksam zu beobachten.

Viele Gäste waren nicht anwesend, aber es war ja auch noch etwas früh, um sich zu besaufen und wild Party zu machen. Doch ein junger Bursche, kaum 25, etwas Schweine-artig beleibt, nahm sich den Stuhl neben mir. *Direkt* neben mir. Und es gab doch so viele andere Sitzgelegenheiten. Er roch nach Parfüm und war doch recht gut angezogen. Immerhin, aber er zuckte seltsam.

Vor mir lag eine kleine Broschüre, die sich bereits mit gewissen Flüssigkeiten vollgesaugt hatte. Ich nahm es und studierte es. Der Flyer machte Werbung für diese neugebauten, statistisch-optimierten Häuser, die für die Bürger St. Fallens gebaut wurden. Auf mich wirkten sie nur wie ein Sukkuben, die konstant die Seelen seiner zukünftigen Bewohner aussagen würden.

Auf der anderen Seite war dann Reklame für die MFI, Anweisungen an uns unseren Kindern (hypothetisch, mittlerweile, in meinem Fall - und auch traurig machend) doch diese schönen genetisch verbesserten Klone ihrer Lieblingstiersorten zu kaufen, stubenrein und geruchsneutral geboren. Schöne neue Welt, aber wahrscheinlich ein guter und praktischer Deal.

Eine andere Firma hatte auch noch Werbung geschaltet. SawMind, die dritte große Firma dieses Staats. Meine Apathie wuchs kontinuierlich, als ich den Text dazu las. Unterbewusst idealisierte ich diesen Konzern, da ich ihn als meinen Schlüssel sah, der mir die Rückkehr in die Normalität ermöglichen würde. Eines Tages. Sie waren Experten in Gedächtnis- und Verstandesmanipulation. Aber bis jetzt konnten sie nur Erinnerungen entfernen, nicht aber implantieren! War mir egal, da ich ja nur die erste Option wollte... Wären da nicht diese horrenden Preise gewesen...

Die Tür öffnete sich jetzt und riss mich aus dem Gedankenstrom. Ein Mann Mitte 40 in einer grünen Jacke betrat den Raum, dicht gefolgt von einer jungen Frau mit pechschwarzer Haut. Sie trug einen Pelzmantel, der ein paar Nummern zu groß war, doch ihr sexy Fahrgestell schien dennoch durch. Von der Seite, so wie ich sie nur sehen konnte, war ihr Profil perfekt, fast so wie diese statistisch-optimierten Häuser und Wohnungen, doch gleichzeitig hatte ich irgendwie die gleichen Probleme mit ihr wie mit diesen. Zu makellos, vielleicht?

Sie sah nicht sehr glücklich aus. Beide gingen zum Tisch meiner Zielperson. Der Fall wurde also klarer. Zumindest dachte ich das. Aber es kommt ja immer anders.

Zwei Mann, eine Frau - menage a Jeremiah, würde ich sagen, einer der schlechten Sorte.

Die beiden Männer schüttelten sich die Hand. Ich holte meinen kleinen Apparat aus meiner Tasche, ein Teil davon ging direkt in mein Ohr, den anderen legte ich vor mich auf die Bar. Keuchende Klänge drangen in mein Ohr, nur um dann in Klarheit umzuschlagen. Funktionierte. Gerade rechtzeitig, um die wichtige Teile der Konversation mitzukriegen.

Ich hatte ja den Typen neben mir bereits bemerkt. Mir fiel auf, dass er sich jetzt mit seinen Augen und seinem Körper etwas stärker zu mir orientierte, als hätte er etwas an mir bemerkt.

"Also, Herr Patz...", hörte ich nun aus den Lautsprechern in meinem Ohr Es war Abohzos schleimig-manipulative Verkäuferstimme. "Waren Sie mit unserem Produkt zufrieden?"

"Hat großen Spaß gemacht. Allen in der Familie.", sagte der andere Mann in einer Geschäftsmannstimme.

Ich machte bereits geistige Sprünge, nur von diesen wenigen Informationen. Das war wohl nicht Fall Untreuer Ehemann, mehr der Fall ehrgeiziger, viel-arbeitender Ehemann, der selbst nach Dienstschluss noch Verkaufsgespräche führte. Was auch immer er an den Mann zu bringen versuchte - ein paar Sekunden schien der Fall für mich gelöst und Sarah Abohzos Leben könnte beruhigt weitergehen.

Doch dann begann alles seltsam zu werden. Wäre ich nur aufgestanden und gegangen, vieles wäre mir erspart geblieben.

"Also wollen Sie noch mehr kaufen? Oder den

Nutzungszeitraum verlängern?“, führte Abohzo sein Verkaufsgespräch fort.

“Ich weiß nicht. Nicht bei ihren derzeitigen Preisen.“, sagte Patz.

“Warum? Sie sagten doch gerade, dass Sie sehr zufrieden waren...“

“Sicher. Aber sie...“, Patz legte sein Hand auf die Schulter der Frau. “...sie hat nach ein paar Tagen ein paar schlechte Angewohnheiten entwickelt.“

“Diese Art Beschwerden kennen wir schon ja, aber in der nächsten Lieferung wird das korrigiert sein.“

“Das ist ja auch nicht alles.“, unterbrach ihn der andere Kerl. Seine Hände glitten am rechten Arm des Weibes hinunter. Als er unten angelangt war, griff er ihn und hielt ihn leicht nach oben, Richtung Jeremiah Abohzo. Mit seiner anderen Hand machte er etwas anderes, ich schätzte, er rieb ihre Handfläche, konnte aber kaum etwas erkennen, da ihr Oberkörper meine Sicht verdeckte.

Abhozos Gesicht zuckte, bevor es sich schnell in den Zustand seiner typischen Souveränität zurück zog. Scheinbar hatte er etwas Unschönes gesehen.

“Und jetzt stellen Sie sich einfach mal vor, wie es *da unten* aussieht.“, flüsterte Patz. Jetzt begann er sie am rechten Oberschenkel zu reiben, bevor er ihr einen kleinen Klaps ins Gesicht verpasste. “Stimmt doch, Schatz?“

Sie belohnte ihn dafür sogar noch mit einem

Kuss auf seine Backe.

"Dann nehme ich sie mit und wir kontaktieren sie in ein paar Wochen, wenn wir bessere Produkte anzubieten haben.", sagte Abohzo gefasst.

Der andere Mann nickte. Bizarr fand ich das alles plötzlich.

Jetzt war ich es, der aus heiterem Himmel eine Hand auf seiner Schulter spürte. Ich drehte mich seitlich. Es war der junge Mann, der neben mir saß, und mich jetzt mit weit aufgerissenen Augen intensiv anstarrte, mit einem Hauch Angst in seinem Blick.

"Arbeitest du für ihn?", hauchte er mich förmlich an. *Nicht jetzt,* dachte ich!

Ich lächelte ihn nett an und stieß seinen Arm weg.

"ARBEITEST DU FÜR IHN?", fuhr er mich an.

Jetzt waren alle Augen auf uns gerichtet. Gute Arbeit. Scheiße. Alles ruiniert.

"Für wen?", sagte ich zögerlich und leicht schnaubend.

"Den Turaniden!", posaunte er aus sich heraus.

"Was soll das denn? Was soll das sein? Lassen Sie mich einfach in Ruhe und Sie bekommen keinen Ärger!", sagte ich und versuchte ich einschüchternd zu wirken. Ich schaute kurz in die Ecke mit der Zielperson. Sie hatten es natürlich auch bemerkt, schenkten uns aber wenig Aufmerksamkeit. Was Sie redeten konnte ich aber kaum noch wahrnehmen.

Der seltsame Geselle wandte sich nun noch mehr

an mich. Sein Kopf kam mir so nah, dass ich seinen Kaugummiatem riechen musste.

"Warum belauscht du dann-"

Er kam nicht mehr dazu diesen Satz zu beenden. Meine Adrenalin-gesteuerte Faust landete in seinem Gesicht und fetzte ihn vom Stuhl. Man hörte das Wabbeln seiner Fettrollen förmlich.

"Ein Methjunkie!", rief ich in den Laden, so dass es jeder hörte.

Die meisten Barbesucher blickten mich schockiert an. Der Barkeeper griff zu seinem Mobiltelefon. Meine Güte, er wollte wohl die Polizei holen, wegen so einer Lappalie. Den Job würde es ruinieren, das war klar, passieren würde mir aber sonst nichts.

Die drei anderen Personen, die ich studierte, standen auf und begaben sich auf dem Weg zum Ausgang. Ich weiß nicht, ob ihr Gespräch einfach beendet war oder ob sie diesen Ort jetzt als zu ungemütlich empfanden. Oder zu gefährlich. Ein 1 Meter 91-Mann, gemacht aus 100 Kilogramm Eisen, der ausflippt, schüchterte die meisten Leute natürlich ein, das ist klar. Wer konnte es ihnen verübeln.

Ich machte eine Geste, um dem Barkeeper klar zu machen, dass ich gehen würde. Das dauerte aber. Ich hoffe, er war schlau genug auch einen Krankenwagen für den armen, nervigen Typen am Boden zu holen. Vielleicht hatte ich überreagiert - mir wurscht.

Ich verließ den Ort und hoffte noch ein paar Beobachtungen zu machen, die mir in Bezug auf Abohzos nächtliche Aktivitäten weiterhelfen würden. Es war ja auch wirklich sein seltsames Gespräch gewesen: Was für Produkte waren das? Was hatte das mit dieser lasziven, passiven Frau auf sich? Ich hatte keine Ahnung und war gleichzeitig jetzt neugierig. Die Schnüfflergene brachen mal wieder durch. Immerhin gab es ja auch immer noch die Möglichkeit, dass Abohzo gerade jetzt Sex mit dieser Frau hatte und es wäre immer noch ein Fall der Kategorie Untreuer Ehemann gewesen. Hehe.

11

Die Dunkelheit hatte mich zurück und begrüßte mich zugleich mit einer sanften Sommernachtsbrise und dem Geräusch raschelnder Bäume. Meine Sinne schärften sich, um meine Beute wieder aufzuspüren. Ich sah Abohzos Auto, welches noch immer da stand. Aber vom Besitzer gab es keine Spur. Es war höchstens zwei Minuten seit sie gegangen waren, ich konnte also nicht weit hinten dran sein. Ich schaute mich fanatisch um und bemühte mich gleichzeitig unauffällig zu agieren.

Die entfernten Häuser der wohlhabenden Leute schmissen ihre Lichter auf die Straßen und erschufen atmosphärische Schatten. Ich schritt über die Betonplatten des Bodens und bewegte meinen Kopf in alle Richtungen.

Jetzt hatte ich die Straße erreicht und prompt schoss ein ein Auto an mir vorbei. Verdammt - ich hatte es erkennen können: Der Fahrer war der Kerl, den Abohzo als Patz bezeichnete. Aber er war allein. Trotz allem konnte er ja noch jemanden in vertikaler Ausrichtung im Kofferraum oder auf der Rückbank untergebracht haben.

Ich ging nun schneller. Wo sollte ich suchen? Ich entschied mich die dunkle Allee vor mir zu durchqueren, deren Straßen scheinbar ins Nichts führten. Die Bäume kamen mir vor wie fossilierte Skelette, die mich mit ihren Blättern Zahn-artig angrinsten. Ich lief ein wenig weiter bis ich rechts von mir eine Art Garage vorfand. Dort, aus dem Nichts, musste ich unbewusst etwas wahrgenommen haben, dass mich dazu brachte stehen zu bleiben.

Alles war jedoch still. Ich konzentrierte mich. Dann hörte ich es genau. Ein Wimmern. Ein Wimmern des Schmerzes und der Hilfslosigkeit. Ich verließ den Asphalt über das nahe Gras. Es wurde lauter. Da war etwas vor mir. Ich griff in meine Tasche und holte mein Detektivlämpchen heraus, was in diesen Tagen das Standard-Equipment in meiner Branche war. Das Licht ging an und ich suchte nach der Lärmquelle. Ich brauchte jedoch nicht lange.

Was ich in diesem Moment sah, werde ich nie vergessen. Wie ein verlassener Säugling lag eine Frau auf der grünen Wiese, eingedeckt in Blut. Sie war es. Die Frau aus der Bar. Ihr Augen zuckten wild, als ob sie jeden Moment detonieren würden, sich aus den Augenhöhlen auspressend. Etwas lief aus ihnen heraus. Es hätten Tränen sein können, doch dazu waren sie zu rot. Viel zu rot.

"Helft mir, helft mir.", stammelte sie. Wörter der Agonie.

Ich rannte zu hier. Versuchte zu helfen. Tätschelte ihr Gesicht. Ich fiel ihr scheinbar nicht mal auf.

Ich sah tief in ihre schwarzen Augen, ihre ebenholzene Haut in meinem Licht violett angehaucht. Sie war wirklich schön. Doch dann begann sie ihren Kopf hoch und runter zu heben, als ob sie versuchen würde, ihre Seele in ihrem Körper zu halten. Ich wollte ihr beistehen, erzählte ihr, dass alles okay war. Sie war stark. Doch ihre Schreie... immer lauter und intensiver.

Instinktiv griff ich nach ihrer Hand, die in der Finsternis verborgen war. Doch anstelle dieser war dort einfach nichts. Nichts. Ich griff ein paar Zentimeter weiter nach oben. Ich sah nichts, doch fühlte. Weich am äußeren Rand, hart im Inneren. Feucht überall.

Oh scheiße. Ich verstand. *Was zur Hölle,* ging mir durch den Kopf. *Was zur verfickten Hölle im Namen des Satans ging hier vor sich?*

In der Nähe hörte ich dann Sirenen. Wenigstens machten die Bullen hier ihren Job. Sie erschienen direkt hinter mir. So schnell. Wer hatte sie gerufen? Es gab ja nur zwei Optionen und ich zweifelte daran, dass eine Drohne dies alles entdeckt hatte. Ich versuchte nicht einmal zu fliehen, auch wenn ich wohl Verdächtiger Nummer Eins war. Mit meiner DNS überall hätte man mich sowieso schnell identifiziert und ich dachte, dass sich die Situation schnell klären würde. Ich vollzog dennoch eine Vorsichtsmaßnahme und nahm mein kleines Spionagegerät und schluckte es hinunter. Sicher war sicher, obwohl es wohl übertrieben war. Doch ich wusste ja leider nicht, dass die ganze Scheiße noch viel ernster werden würde. Viel ernster. Und damit meinte ich nicht das, was ich am nächsten Tag auf der Toilette durchmachen sollte.

12

Die harten Metallgitterstäbe schnitten sich in meiner Rücken. Vier Stunden war ich nun schon in dieser Zelle, die dazu da war, die gefährlichsten Kriminellen zu Untersuchungszwecken festzuhalten. Das Meiste des Gestanks hier drin musste von diesen kommen.

Im Eck schlief mein einziger Mithäftling. Theoretisch gesehen seltsam, sollte doch so ein Raum in dieser Stadt eher konstant überquellen. Sein Haar war lang und sehr dunkel, so dunkel wie Nacht aus der ich gerade kam. Seine Kleider waren typische Arbeiterschichtslumpen. Dazu schnarchte er wie eine pervertierte Katze.

Ich war mir immer noch sicher, dass ich ja nicht

wirklich in Schwierigkeiten war. Jeder andere in meiner Situation, aber nicht ich. Ich war Polizeimitarbeiter. Weltklasse-Detektiv. Komplett motivlos.

Nein, der wahre Grund, so dachte ich, warum ich hier so lange festgehalten war, war Polizeikommissar Daguerre. Ein Arschloch der französischen Sorte, der mich hasste. Ich hasste ihn allerdings auch. Er wichste sich wahrscheinlich gerade einen ab darauf, dass er mich hier so lang wie er wollte festhalten konnte und stellte sich dazu meine innere Seelenqual vor, sowie seine Gefühle der Macht über mich.

Die Fakten waren ja klar. Ich hatte ja auch nichts dabei. Kein Messer, keine Drogen, nichts. In der ersten Vernehmungsrunde hatte sie mir ja angedeutet, dass die Todesursache Substanzmissbrauch war. Sie stammelten etwas über eine neue Designer-Droge auf den Straßen, aber ich vermutete, dass das nur eine reine Spekulation war. Aber zumindest würde es den mysteriösen Teil dieses Falls erklären. Sie hatte eine durch die Drogen ausgelöste Halluzination, daraufhin schnitt sie sich die Hand ab.

Am Ende war ich mir sicher, dass sie gar nicht versuchen würden, den Fall zu lösen. Das Mädel war wohl nicht wichtig und niemand würde auch einen Detektiv wie mich engagieren, um dem nachzugehen.

Ich hatte nichts über Abohzo und seinen Freund gesagt. Ich wollte Frau Abohzo nicht in Verlegenheit bringen. Wieso? Es war möglich, dass Jeremiah Abohzo seine Firmenverbindungen zum Staat und Z-Corp nutzte, auf die Polizeidateien zugriff und sah, dass seine Frau einen Detektiv an ihn angesetzt hatte. Mein Name war ja bereits in den Dateien, nur warum ich ihn beschattete schien er nicht zu wissen.

Ich war sehr angepisst über die Sache, aber die Zeit in dieser menschlichen Legefarmbatterie gab mir Zeit ruhig zu denken.

Warum verdammt nochmal sollte ein Mittelschichtsmann einfach so eine junge Frau ermorden? Er musste es gewesen sein, er oder sein Freund. Eher er. Sagte mein Instinkt. Ich dachte vielleicht auch über einen sexuellen Angriff nach, oder einen Raubüberfall, ausgeführt durch einen zufälligen Täter, aber - nein. Das Intervall war einfach zu kurz.

Aber warum wurde sie von ihm verstümmelt?

Sicher war, dass er auch eines dieser teuren Lasermesser verwendet haben musste. Sie waren teuer und lizenzpflichtig, aber die einzige Möglichkeit so rasch solide Körperschichten durchzutrennen. Ein gewöhnlicher Angestellter der Marketing-Abteilung hatte so etwas aber wohl nicht.

Meine Gedanken rasten, ich spulte meine Erinnerungen wieder zurück.

Ich erinnerte mich. Sagte er nicht etwas davon, dass er sie zurückbringen musste? Was meinte er?

Das ganze Gespräch klang wie ein Verkaufsmeeting. Arbeitete sie auch für die MFI?

Aus der Ecke kam ein Jammern. Ein Mann erhob sich. Er schaute mich an, als wäre ich eine Kreatur aus den MFI Laboren.

Ein Blitz durchfuhr mich.

Ich ging die Kneipenunterhaltung noch einmal durch. War sie auch ein genetischen Produkt vom Fließband gewesen? Eine Art Sex-Slavin? *MFI goes Pimp?*

Naja, die Theorie hatte so ihre Lücken. Eine kleinere war, dass es ein schweres Verbrechen war, an menschlicher DNS herum zu pfuschen und das zentrale Computersystem hätte es durch sein Data-Mining sicherlich entdeckt und eine Horde Polizisten vorbeigeschickt. Aber das die Regierung mit der wichtigsten Firma des Staates unter einer Decke stecken konnte, war ja auch nicht so undenkbar. Es war eine Option. Aber warum? Für das Geld? Die Lust? Spielzeug für reiche Männer, Politiker und dieses ganze verabscheuungswürdige Zeugs?

Ein anderes Problem meiner These war das Alter der Lady. Diese Art Technologie war zu neu und sie war einfach zu jung, mit knapp über 20. Ich wusste, dass MFI Wachstumsstoffe nutzte, um ihre Tiere schnell reifen zu lassen, doch das resultierte immer in einem leicht seltsamen Aussehen. Und sie sah wirklich perfekt aus. Aber sicherlich war das hierzulande wachsende Dienstleistungsgewerbe der plastischen Chirurgie hier in der Lage einiges zu leisten. Kannte ich mich jetzt aber nicht damit aus, aber es erschien mir plausibel.

Das größte Loch meiner Theorie war aber, das sie normal erschien. Geistig. Sie konnte sprechen. Das hätte sie nicht lernen können, wäre sie erst vor ein paar Wochen aus einem MFI Labor gekrabbelt, ein erwachsener Körper nutzte da gar nichts.

Meine Neuronen feuerten erneut. Abohzo hatte wohl den Braten gerochen. Und wollte herausfinden wer ich bin. Dazu tötete er sie, wartete bis ich sie fand und lies mich prompt in die Falle laufen, mit der Polizei bereits alarmiert. Dazu musste er ihr auch ein Mittel eingeflößt haben, was sie dann langsam tötete. Raffinierter Hund. Und ich Trottel ging ihm ins Netz.

"Wer bist du?", stotterte der Mann aus der Zelle. Sein Akzent klang ausländisch und durchaus warmherzig.

"Ich bin gerad dein bester Freund.", antwortete ich.

"Gute Freunde zu haben, gut Freunde zu haben.", sagte er und krachte wieder auf den Boden zurück nur um sich wieder energisch nach oben zu kämpfen.

"Wie heißt du denn?", rief ich ihm zu. Die Langeweile konnte man so auch überwinden.

"Mein Name ist Rudolfo Esteban Cavchez, Mitglieder der spanisch-königlichen Familie."

Na aber sicher bist du das, dachte ich. Die wurde übrigens von den Kommunisten komplett hingerichtet.

"Was macht den so ein strammer Aristokrat wie du in einem lieblichen Ort wie diesen?"

"Sie haben uns heute Abend erwischt!"

"Erwischt?"

"Am Hafen. Wichser haben uns erwischt!"

Kam mir bekannt vor.

"Die haben sogar die Elefanten ermordet! Diese Faschistenbastarde!"

Ich kicherte. Welche Ironie.

"Na dann erzähl doch mal, was so passiert ist.", sagte ich heuchlerisch.

"Mann! Ich bin ein Schmuggler! Wir wollten die Viecher zu den Hackerhöhlen bringen, da außen bei den Inseln, weißt schon."

"Zu welchem Zweck?"

"Energie, denke ich, Mann! Die Dinger sind stark. Rennen wie der Hamster. MFI macht gute Sachen."

"Verstehe."

"Yeah, die Bastarde haben aber einen Strich durch die Rechnung gemacht. Alle tot. Außer ich."

"Glücklicher Junge," sagte ich. Sie hatten ihm wohl einen Haut-Patch aufgedrückt, um seine groben Verletzungen zu heilen. Finanziert von unseren Steuergeldern. Jedenfalls fiel mir jetzt auf, dass sein Gesicht wie aufgerissen aussah.

“Ein weiterer Schlag gegen unsere Freiheit.“, hängte ich noch spielerisch an.

“Da sagst was, Mann. Die Roten auf der anderen Seite des Ozeans. Der Turanid hier.“

Nicht schon wieder dieses Wort. Ich ächzte innerlich.

“Weißt du, Mann, ich habe die Kontakte. Unsere Gruppe hackt sich in die Regierungscomputernetzwerke. Regelmäßig, wir wissen alles. Darum hassen sie uns. Sie würden uns gerne zerquetschen wie das Insekt. Aber sie finden uns nicht. Wir sind zu schlau.“

“Und was wisst ihr?“

Er zögerte, bevor er antwortete: “Nun, ehrlich gesagt, nicht so viel. Bis jetzt. Aber der Turanid plant etwas. Etwas großes. Etwas was die Welt noch nie gesehen hat.“

“So so. Und was ist dieser Turanid überhaupt? Scheint im Trend zu liegend, aber jeder den ich bis jetzt über ihn reden gehört hab, schien komplett irre zu sein.“

“Er ist der Ernährer der Seelen. Er ist erwacht, um uns zu den wahren Weg zu lehren.“

“Was laberst du da?“

“Er hat mich bereits schon einmal berührt. Es war wundervoll. Aber es darf nicht wieder passieren. Er wird meine Seele verzehren. Mich in seinem Bilde neu erschaffen.“

Was für eine Knalltüte. Das einzige was ihn bis

jetzt berührt hatte, war wahrscheinlich der Pfarrer seiner Sonntagsschule. Gott sei dank nahm ich hinter mir Schritte war. Jemand kam, um mich hier heraus zu holen.

Drei Männer in ihren wunderbaren blauen Uniformen kamen den Korridor hinunter. Ich begrüßte sie höflich. Der Größte von ihnen zog seine Keycard aus der Tasche und steckte sie in den Kartenleser.

Es machte klick und die Tür sprang auf.

"Herr Faulkner, Sie kommen mit uns."

Da war etwas in seiner Stimme. Falschheit. Erwartung. Was auch immer. Dazu waren es diesmal drei Leute die kamen - Standartprozedur sah nur zwei vor. Ich zuckte kurz und ging aus der Zelle, die Tür schloss hinter mir automatisch.

Der Große lief hinter mir, die kleineren Jungs jeweils neben. Dem Linken blickte ich in die Augen. Etwas in ihnen reagierte. Die anderen beiden waren ruhige Profis. Dieser nicht. Er war ein Rookie; seine Gedanken manifestierten sich somatisch. Ich machte einen Schritt vor. Zeit für eine Entscheidung!

Mit purer Explosionskraft fetzte ich den Mann zu meiner Rechten gegen die harten Metallstäbe. Sein Kopf schlug gegen den harten Stahl und schickte ihn in das Land der Träume. Der Nachwuchscop stand nur apathisch daneben und beobachtete das Schauspiel.

Aber nicht der Große. Er rannte vor, schnell und entschlossen und schaffte es mich in den Schwitzkasten zu nehmen. Er fing an, mich zu würgen. Ich stieß ihm rückwärts mit meinem rechten Fuß gegen seine Kniescheibe. Er machte nicht mal ein Geräusch.

"Faulkner, ich will das alles nicht tun...", sagte er und erhöhte den Druck auf meinen Hals. Er war bereit, mich zu töten. "Geben Sie einfach nur auf:"

Keine Option. Würde am Ende auf das Gleiche herauskommen. Diese Jungs hatten die bösen Dinge, die sie mit mir tun würden, gleich von Anfang an geplant!

Der Schmerz wuchs. Alle einstudierten Bewegungen und Tricks halfen mir nicht, aus dem Griff zu entkommen. Ich schwitzte und verspürte tatsächlich so etwas wie Angst.

Hilfe kam von unerwarteter Seite. Mein Zellennachbar hatte alles beobachtet. Er rannte zum Gitter, schrie und rammte meinem Peiniger seinen ungeschnittenen Zeigefinger in das rechte Auge, in dem er den Arm durch die Stäbe schob.

Jetzt schrie das Arschloch und ich hatte ein kleines Fenster der Rettung vor mir. Ich schlüpfte durch seine Arme und ließ mich auf den Boden fallen, stieß mich wieder hoch und schlingerte ein paar Meter halb hoch vorwärts, nur um dann wieder auf den Fließen zu landen.

Ich hatte Abstand gewonnen, doch der Kerl versuchte sofort wieder sich auf mich zu schmeißen. Geistig schnell und kräftig. Was für eine Maschine!

Aber nicht diesmal, Wichser. Mit Katzenreflexen rollte ich mich nach rechts und jetzt war er es, der auf den rauen Boden krachte.

Schnell wie er war wollte er sich schon wieder erheben, doch ich schaffte es vor ihm. Ich hinderte ihn mit einem brutalen Vollspannschlag gegen seinen Brustkorb, die Kraft tausender Pferde entfesselnd.

Doch er hatte noch nicht genug. Aber ich. Ich sprang auf seinen Rücken, nahm seine linke Hand und brach sie mit einem Kraftakt. Dann nahm ich seinen Kopf und schmetterte ihn gegen den Boden. Da blieb sein Schädel auch, aber vermutlich war er nicht tot.

Stille war eingekehrt. Ich drehte mich um. Dort war der unerfahrene Cop-Junge immer noch. Er hatte nicht reagiert. Überhaupt nicht. Er zitterte wie Espenlaub, um mal eine altmodische Redewendung zu verwenden.

“Warum?“, sagte ich und schaute ihn betroffen an.

“Was meinen Sie...“, stotterte er.

“Wer hat euch befohlen, mich zu töten?“, fuhr ich ihn an.

“Werde ich nicht sagen!“

“Hast du nicht gesehen, was ich gerade mit deinen Freunden gemacht habe? Stell dir mal vor, was ich mit einem Wurm wie dir anstellen könnte...“, kam aus mir, eiskalt betont.

"Bitte..“, flehte er.

Ich ging auf ihn zu. Langsam und beherrscht.

"Lassen Sie mich!“

"SAG ES MIR!“

Er schwieg. Meine Hände machten sich auf den Weg zu seiner Kehle. Ich drückte. Wimmer- und Würgegeräusche folgten.

"Ich ersticke,“ quetschte er sich aus seinem eingeschränkt leistungsfähigen Kehlkopf.

"Das ist deine Schuld. Du versucht durchgehen, die Dinge nicht zu sagen, die ich hören will...“

"Okay. Ich sage es Ihnen.“

Ich ließ ab von ihm. Nicht zu schnell. Er senkte seinen Kopf und nahm tiefe Atemzüge.

"Daguerre. Er hat scheinbar einen Befehl bekommen. Von ganz oben.“

"Von wem?“, brüllte ich ihn an.

"Ehrlich. Ich weiß es nicht. Bitte...“

Es fing an, nach Pisse zu riechen. Das war auch genau das, mit was sich gerade die Diensthose des Typen voll saugte.

Ich glaubte ihm jetzt.

"Gib mir deine Waffe.“, befahl ich ihm.

"Warum?“

"Gib sie mir einfach.“

Jetzt gehorchte er und Sekunden später hatte ich eine neue Pistole in meiner Hand.

Dann hörte ich Schritte die nahen Treppen hochkommen. Zweifellos Bullen, die etwas gehört hatten. Ich drehte mich herum und schaute an den Ende des Gangs. Sackgasse. Bis auf das Fenster. Meine einzige Chance. Nie im Leben würde ich ein Schussgefecht gegen - so wie es klang - mindestens acht trainierte Polizisten gewinnen.

Ich wollte es gerade durchziehen, doch eine Stimme aus der Zelle neben mir drang in mein Ohr.

"Amigo, lass mich raus."

Ich war voller Stress und mein Tod drohte, doch ich schaute ihn kurz an. Ja, er hatte es sich verdient. Ich zeigte auf den kleinen Bullen und er verstand wortlos. Er benutzte seine Karte, öffnete die Zelle und ein weiterer Mann kam heraus.

"Jetzt aber los!", sagte ich und zeigte auf das Fenster. Er wirkte leicht verwirrt.

Die Polizisten hatten den Gang erreicht, hinter mir sah ich sie als verwischte Schemen näher kommend, Waffen ziehend, schneller werdend. "Halt!", schrie einer.

Ich versuchte das Fenster zu öffnen, doch es war logischerweise verriegelt.

"Halt im Namen des Gesetzes!", drang erneut zu meinem Ohr.

Ich drehte mich um. Neun Stück. Einer feuerte gleich!

Er traf nicht. Der kleine, verängstigte Cop duckte sich auf den Boden und hielt sich seine Hand über den Kopf. Armer Rookie.

Was für eine Chance hatten wir nun? Ich hetzte zurück und feuerte mit der Waffe gegen das Glas. Ich beschleunigte und nahm Kurs auf das angebrochene Fenster.

Und action...

Durch einen Schwall der Scherben flog ich direkt in die Finsternis, nicht wissend was unter mir war, der Wahrheit aber immer näher kommend. Mein neuer Freund hinter mir folgte mir mit der gleichen selbstmörderischen Entschlossenheit.

Es erschien wie eine Ewigkeit - dabei waren es nur zwei Sekunden. Beide von uns landeten auf einem exotischen Gewächs, etwa zwei Meter hoch und - natürlich - voller spitzer Dornen. Beide von uns wurden abgefedert wie ein Gummiball und fielen dann auf die nahe Wiese. Nun, es hätte auch harter Asphalt sein können, so viel war sicher, wer wollte sich also beschweren. Da lagen wir nun, wie zwei erschöpfte Liebhaber, mit Blick auf die Sterne.

Von oben sahen die Polizisten aus dem Fenster, doch wir waren in den Schatten sicher versteckt. Aber es gab ja noch die Möglichkeit, das ein Irrer einfach mal blind feuern würde...

Ich stand auf. Ich blutete überall, schmale Wunden, teils durch Scherben, teils durch die Dornen. Aber es war nicht allzu schlimm. Cavchez kam auf mich zu. Ich nickte ihm zu. Unsere Wege mussten sich hier trennen. Bald würde sie bestimmt ein paar genetisch-veränderte Hunde auf uns hetzen, die mit irrsinniger Geschwindigkeit rennen konnten und dazu noch alles rochen.

Ich war bereits zwei Schritte in das ungewisse Nichts, was vor mir lag gegangen als ich die Stimme mit dem spanischen Slang noch einmal hörte: "Warte, Mann!"

Ich weiß nicht warum, aber ich hielt noch einmal kurz an.

"Was ist denn los?", patzte ich ihn an.

Er holte etwas aus seiner Tasche und schmiss es mir zu. Ich fing es ohne Probleme. Es war so groß und schwer wie ein Sack antiker Metallmünzen.

"Meine Visitenkarte. Unsere Visitenkarte.", sagte er und rannte davon, während er mir noch folgende Worte zurief: "Ein kleines Puzzle für dich, Mann! Und denke immer an das magische Wort. SHAZAM!"

Das war alles sehr verwirrend. Aber keine Zeit zu denken jetzt! Ich wollte nicht unhöflich sein und das Geschenk, dieses Zauberwürfel-artige Objekt, wegschmeißen, also entschied ich mich es zu behalten. Es würde schon kein Peilsender der Regierung sein.

Ich verschwand nun so schnell wie nicht mehr seit dem Kriege, die Düsternis verschlang mich mit perverser Freunde. Nach kurzer Zeit hörte ich auch schon das Gebell von Hunden. Ich überwand Wände, Autos und Zäune. Alles tat mir weh!

Der Fall des untreuen Ehemanns Nr. 458 hatte sich gerade in *Die wahrscheinlich letzte Nacht des Rhys Faulkner* verwandelt.

Ich rannte und rannte. Dann begann ich wieder zu denken. Ich erschrak.

Sarah Abohzo.

Sie wusste scheinbar gar nichts über ihren Mann und die Scheiße, in der er - und ich nun - verwickelt waren. Und ich konnte sie nicht kontaktieren. Morgen würde sie, wie ausgemacht, unbedarft in mein Büro kommen. Mit unbekannten, aber doch eher negativen - womöglich fatalen - Konsequenzen für sie. Und die ganze Gegend würde doch vollkommen überwacht sein!

Wie konnte ich sie nur warnen? Ich wusste ja nicht genau wo sie wohnte, kein Mailkontakt...

Verdammt. Die ganze Scheiße war gerade noch größer geworden.

13

Ich stehe vor diesem Abgrund. Ich blicke hinunter. Ich sehe etwas hinunter stürzen. Nein, nicht etwas. Eine Frau! Nein! Darf nicht sein! Der Wahnsinn saugte sie abwärts! Ich muss ihr Gesicht sehen, muss es sehen! Es wird kleiner... ich sehe es... Diese Augen... so selten... so exotisch. Kekio! Du bist es!

Nein! Ich habe dich enttäuscht. Ich weiß es. Ich Versager!

Doch dann sehe ich genauer hin. Ich falle fast

mit. Das ist doch nicht Kekio! Nein! Ich kenne das Gesicht! Ich kenne es von zwei Gelegenheiten her! *Zwei Gelegenheiten!* Doch warum zwei?

SARAH!

Oh nein! Was habe ich getan? Ich bin Schuld an ihrem Ende! Ein anderer Mord, der auf mein Konto geht! Nein, es darf nicht sein.

Ich habe wieder versagt. Wieder versagt.

14

Ich erwachte, immer noch gezeichnet vom süßen Kuss des Schmerzes. Meine Arme waren zerkratzt und mein Körper fühlte sich an, als wäre er innerlich komplett zerbrochen. Wie als ob mich Satan die ganze Nacht lang mit seinem massiven Schwanz penetriert hätte. Anal.

Ich hatte mich im Keller eines verlassenen Einkaufszentrums versteckt, wo ich die Nacht mit ein paar netten Ratten und Exkrementen verbrachte.

Doch es gab größere Probleme: Irgendwo in dieser Stadt war eine junge Lady, die schon bald ihr Haus verlassen würde, um mich zu besuchen. Sie wusste wenig, dass dies ihr Ende sein könnte und ihr Mann mehr Dreck am Stecken hatte als eine kleine Liaison. Ich wusste nicht, wie ich sie warnen sollte. Unser Treffen sollte um 17-45 stattfinden, ungefähr einen Tag nach unserer ersten Zusammenkunft. Irgendwie musste ich sie kontaktieren.

Aber wie? Mich hinstellen und warten? Auf gut

Glück suchen? Ich könnte ja einen Kreis um mein Büro herumziehen und diesen regelmäßig ablaufen, aber ich war mir sicher, dass bereits alles unter Bewachung war. Oh hätte ich doch diesen langweiligen Fall des Ehebruchs sein lassen. Ehrlich gesagt dachte ich nach, einfach abzuhauen, als ich hilflos umher irrte und einen sicheren Ort suchte, auf der Flucht vor der Polizei und diesen fürchterlichen Drohnen. Das Land verlassen. Irgendwie.

Vielleicht hätte mich mein neuer Freund aus der Zelle mitnehmen können, dieser spanische Aristokrat, auf zu einem Land voller Palmen und heißer Babes. Mir waren ja andere Leute ziemlich egal, seit Ende des Krieges und nun hatte ich erneut scheinbar alles verloren. Aber der Heilige in mir war stark wie immer. Dummerweise.

Denk nach, Rhys, denk nach! Da musste es doch eine Möglichkeit geben. Aber die Polizeisöldner könnten überall sein. Gesichtsdetektoren. Der Boden würde schwer bewacht sein.

Der Boden? Jetzt hatte ich eine Erleuchtung. Das musste doch klappen?

Ich verließ diesen dreckigen, weitestgehend entvölkerten Industriedistrikt, der einst die größten und beeindruckendsten Kriegsmaschinen erschuf, die die Welt je gesehen hatte, dessen Zeiten aber nun lange vorbei waren. Ich erinnerte mich an die stählernen Pferde, die ich ritt, dem Feind, der über den Ozean kam, um unsere Freiheit zu vernichten, den Tod zu bringen... Doch ja... wir gingen zu weit in unseren Mitteln, die wir zum Überleben einsetzten. Viel zu weit. Und nun würden wir alle bezahlen.

Die Vögel sangen und brachten so ein Element der Schönheit in diese trübe Szenerie. Ich lief knapp zehn Minuten und war wieder in der Zivilisation angekommen. Ich musste dann aus diesem Distrikt heraus und zurück in meinen. Da gab es nur ein Problem: Die Grenzposten.

Zum Glück kontrollierten sie Leute, die den Sektor verließen weit weniger, als die, die hinein wollten. Aber ich konnte mich nicht darauf verlassen. Wegen einem vorherigen Auftrag wusste ich noch einen geheimen Weg, den sie hoffentlich noch nicht versiegelt hatten. Ich schaute immer nach diesen verdammten Drohnen, die mein Gesicht scannen konnten, während ich durch diese seltsam sauberen Straßen hier schlich. Ich war schon lange nicht mehr hier und hatte komplett vergessen, wie schön hier alles an einem lieblichen Morgen aussehen konnte.

Ich hatte den kleinen Gulli erreicht, guckte mich um und hob ihn dann unter größten Anstrengungen hoch. Die Verletzungen von letzter Nacht machten es nicht besser.

Ich kletterte hinein in die Öffnung. Es stank fürchterlich und Fliegen begrüßten mich, als ich immer tiefer in diesen diabolischen Abgrund stieg.

Die Kanalisation war groß genug, um aufrecht zu gehen. Der Gestank dagegen brachte mich dazu, mich stetig zu krümmen.

Ich schritt voran, der Boden unter mir knirschte und war sehr weich. Zwanzig Minuten musste ich es überstehen, dann kam ich zu einem Loch an der Wand. Der Bereich direkt unter den Grenzposten war schwer versiegelt mit Gittern und Zement, aber dort an der Ecke war die Lücke. Ich schob ein paar der Steine, die dort zur Camouflage aufgetürmt waren zur Seite, und schlüpfte durch.

Auf der anderen Seite angekommen dauerte es noch zehn Minuten und ich erreichte eine Leiter, die mich aus dieser versifften Hölle befreite. Am Punkt meines Aufstieges befand sich in dem Moment auch noch ein Pechvogel, den ich ausknockte und mit ihm meine Anziehsachen tauschte. In einer normalen Welt hätte ich sie ihm abgekauft, aber die Transaktionen mit meinem Geldchip wären sofort erfasst worden - Bargeld nutzten ja angeblich nur Kriminelle, mit Überwachung hatte das nichts zu tun, blabla -, Alarm wäre geschlagen worden, im Computersystem und schon wären sie wieder gekommen, die Gesetzeshüter. Ich hatte auch keinen Schwarzmarktchip dabei und akzeptierte hätte er die *Stealth-Money* sowieso nicht, vermutlich. Naja, das Endergebnis war jetzt halt ein halbnackter Mann, der im Dreck lag. Aber bald würde es ihm wieder besser gehen. Warm war es ja.

Da fiel mir noch kurz ein, dass ich meinen Chip ja gar nicht mehr hatte, da sie ihn mir bei der Polizei abgenommen hatten. Naja, mein Chirurgengeld war ja auf einem sicheren versteckten Konto...

15

Ich war durch diese stinkende Stadt gekrochen wie ein wertloser Wurm, doch ich hatte es geschafft. Es war ein schönes Haus mit Garten. An der Tür stand Weijn. Ich wusste, dass ich ihn dadurch in Gefahr bringen konnte, aber ich musste es tun. Mit ein paar Handgriffen knackte ich sein Türschloss. Innen sah es aus wie ein Oase der Sauberkeit in der Wüste des Abschaums. Ich war schon ein paar mal hier zu Besuch, aber sonst immer mit Einladung.

Die Familie schlief noch, angesichts der frühen Stunde keine Überraschung. Ich ging in die Küche und öffnete eine der Schubladen. Scheren, Klebeband, Stifte - und ein pyramidenförmiger Schlüssel, den ich mir nahm.

Ich verließ das Haus wieder. Ein paar Gewissensbisse hatte ich schon, aber der Zweck heiligte ja die Mittel. Und es war ein nobler Zweck, redete ich mir ein. Ich ging zur Garage neben an, sie war ebenfalls verschlossen, doch ich knackte auch sie quasi mit links.

Das Tor ging auf und ich sah es: Das fliegende Auto, bereit zum Abheben. Ich öffnete es und, um jede Form der genetischen oder optischen Erkennung, die eventuell mit dem Staatsnetzwerk verbunden war, zu umgehen, steckten ich einen speziellen Stick in das Interface, einen sogenannten Datenüberschreiber. Dann startete ich das Auto. Prompt waren alle schnurlosen Verbindungen und Sicherheitsprotokolle vernichtet. Da nun keine Daten mehr übertragen wurden, wusste die Staatssicherheit nun, dass hier etwas im Argen lag. Es war durchaus möglich, dass sie durch statistische Bearbeitung darauf kommen konnten, dass ich mich des Autos bemächtigt hatte, falls sie meine Situation, das fliegende Auto und meine Freundschaft mit Weijn einkalkulierten. Aber ich bezweifelte das.

Jetzt gab es ein anderes Problem. Ich war so etwas noch nie gefahren - geflogen - und das war ja prinzipiell so meine Schwäche. In der Luft würde es gewiss nicht anders sein. Alle automatischen Fahrhilfen waren ja von mir gerade zerstört worden, wie ich sah.

Verdammt, aber wenigstens war dann alles andere auch platt.

Das manuelle Steuern schien aber noch zu funktionieren. Ich griff mir den Joystick und dachte kurz an Weijns eklige Finger. Dann schaltete ich und drückte ein Pedal. Langsam fühlte ich das Ding sich vom Boden zu entfernen und ich versuchte, meinen neuen Schlitten aus der Garage zu bringen. Ich hoffe doch, ich würde es nicht an der Wand verkratzen. Weijn würde mich hassen. Obwohl er das sowieso bald tun würde, wenn er von meinem Diebstahl erfahren würde.

Das Auto machte außer dem sanften Summen kaum Geräusche. Nach zwei Minuten war ich außen. Die Steuerung war nicht übermäßig schwierig. Und ein paar Stunden zum Üben hatte ich noch. Wie Jesus erreichte ich den Himmel, hoch genug, allen Sensoren und Scans zu entgehen und dann entspannt außerhalb der Stadt zu landen. Dort begannen dann meine Testrunden.

16

Der Wolkenkratzer war mein Hochsitz. Ich war nun hier und die Zeit der geplanten Zusammenkunft mit Sarah der Schönen war nahe. Ich hatte mich gut vertraut gemacht mit diesem fliegenden Ding. Ich war mir sicher, dass sie nicht mit einem Angriff aus der Luft rechnen würden. Zu selten war diese Vehikel noch.

Ich stand neben dem Auto und sah hinunter auf die Straßenschluchten von St. Fallen. Von hier aus sah ich das Diner und mein Büro. Dazu waren dort etliche Fahrzeuge geparkt und in einigen von ihnen sicher ein paar der bösen Strolche, die mir ans Leder wollte.

Die Sterne waren wieder sichtbar, Drohnen erkannte ich keine. Dafür aber wieder eine der roten Explosionen, der Irrlichter.

Komm schon, Sarah, zeig dich!, schoss mir durch mein Gehirn.

Sie musste bald kommen.

Hunger hatte ich. Das war aber nicht der Hauptgrund warum es mir so flau im Magen war. Meine Nerven feuerten wie Maschinengewehre. Und warten hasste ich sowieso.

Da. In der Ferne sah ich ein Männlein erscheinen. Ich erkannte hier straffes, schwarzes Haar sofort, sowie ihren speziellen Gang.

Das musste sie sein. Ich hatte jetzt meine einzige Chance!

Ich kniff meine Augen zusammen, um einen natürlichen Zoom zu erhalten. Jeder Schritt der das Objekt näher kam, reduzierte meine Zweifel. Das war sie. Hundert pro.

Ich sprang ins Auto und starte den Motor. Die Antigravitationswellen machten ihren Job. Ich richtete mein Gefährt im optimalen Winkel aus und dann drückte ich auf den Knopf, um den Abstieg zu beginnen. Wie ein Falke schoss ich hinunter.

Die Frau zuckte förmlich und erstarrte als sie mich sah. Ich blickte sie an und es war nun bestätigt. Sarah.

Ich trat auf die Bremse und drehte das Auto rasant! Der Beifahrersitz jetzt direkt auf ihrer Seite! Ich öffnete die Tür per Knopfdruck und stellte Augenkontakt mit ihr her!

"Steigen Sie ein!", rief ich ihr zu.

Sie verstand natürlich nichts. Im Hintergrund nahm ich war, dass sich etwas bewegte. Vermutlich die Bösen auf dem Weg hier her.

"STEIG EIN!", brüllte ich.

Ihre Augen öffneten sich weit. "Herr Faulkner, was ist los?", stammelte sie.

"STEIG VERFICKT NOCHMAL EIN!"

Zwei Männer sprangen aus dem geparkten blauen Van hinter uns. Waffen hatten sie dabei und irgendetwas schrien sie auch noch.

Sie hob ihren Kopf und sah die Angreifer ebenfalls!

"Böse Buben. Vertrauen Sie mir!"

Ihre Apathie verschwand und sie sprang ins Auto. Außen krächzte ein Typ "Halt!". Ich ignorierte den Clown natürlich und schlug auf den Abhebe-Knopf. Ich hörte wie Kugeln in das Chassis einschlugen! Mir wurde schwindlig, aber scheinbar entstand kein Schaden! Wir hoben ab.

Geschafft, dachte ich.

Doch nein. Unter uns erschienen auf einmal zwei baugleiche Autos, auch fliegend natürlich, und begannen uns zu verfolgen! Damit hatte ich nicht gerechnet. Ich musste schnell reagieren.

"Herr Faulkner, bitte.. erklären Sie mir..", stotterte eine verstörte junge Frau neben mir. Ich sagte nichts. Es war keine Zeit.

Cowboys und Indianer war nun angesagt, hier über der Prärie der Stadt. Ich raste auf die Wolkenkratzer zu und bog so an ihnen ab, dass kaum noch ein Papier zwischen uns passte. Ich musste die Bastarde abhängen oder zumindest ausbremsen.

Ich wiederholte dies mehrmals. Heilige Scheiße. Ich war oft kurz davor die Kontrolle zu verlieren, doch wurde sie nicht los. Der Beifahrer eines der Autos hing plötzlich mit seinem Torso aus dem Fenster und fing an mit einer Art Sturmgewehr auf uns zu feuern!

Sarah schrie.

Ich kannte ein paar Ecken hier, die mir vielleicht weiterhelfen konnten. Ich flog auf sie zu, im Sinkflug, und zog dann im letzten Moment immer nach oben! Fast schaffte ich es nicht.

Ich drehte meinen Kopf und schaute nach unten. Eines der Vehikel war mit einem in der Luft hängenden Korridor kollidiert, der zwei Gebäude über die Straße verband und den ich zuvor angesteuert hatte. Es fiel zu Boden.

Strike! Einer weg, blieb noch der andere.

Ich musste alles schnell verarbeiten. Die Arschlocher mussten weg. Doch ich war beharrlich. Doch dann kam ein neuer Mitspieler auf die Bühne, als wir gerade durch das Rotlichtgewerbe rasten (und ich dabei ein paar Schwänze wieder weich machte).

Der Mitspieler war ein mechanisch-elektronisches Etwas. Eine Drohne! Computergesteuert war sie meinen Flugkünsten wohl überlegen und an sich schon vom Bau her viel beweglicher! Schlecht, sehr schlecht..!

Dann kam mir eine Idee.

"Frau Abohzo, wollen sie mal einen heißen Hengst reiten?"

Sie sah mich verstört an.

"Können Sie das Ding hier fahren?", sagte ich.

"Ich... weiß nicht. Bin noch nie geflogen."

"Ich dagegen hasse fahren... oder fliegen.. was auch immer! Sie können das besser als ich!"

"Vielleicht...", flüsterte sie.

"Das ist ihre Feuertaufe! Tauschen wir die Positionen! Sofort!"

"Okay...", sagte sie. Klang nicht sehr überzeugt.

Ich richtete das Auto horizontal aus. Ein leichteres Ziel jetzt, aber wir musste ja die Schwerkraft und Zentrifugalkräfte überwinden. Wir erhoben uns von unseren Sitzen. Sie glitt über mich. Begleitet von Schussgeräuschen gelang uns der Tausch.

"Und nun?", fragte sie.

"Nehmen Sie den Joystick und geigen Sie ein bisschen herum!"

Scheiße... hatte ich da gerade eine Rakete direkt hinter uns wahrgenommen?

"HOCHZIEHEN!", brüllte ich.

Kerzengerade ging es nach oben. Aber wo kam das Geschoss her?

Ich öffnete das Beifahrerfenster und lehnte mich mit meiner Waffe in der Hand hinaus. Ich zielte auf das andere Vehikel und dessen Beifahrer, der mittlerweile auch weit aus dem Fenster hing und wie ein Irrer um sich ballerte. Obwohl ich ja die magische Treff-den-Kopf-aus-jeder-Position Fähigkeit hatte, entschied ich mich nicht direkt auf ihn zu zielen.

"Leicht seitwärts anheben!", befahl ich Sarah. Ihr Gelang es ohne Mühe, scheinbar war sie ein geborener Fahrer-Pilot, oder wie man das auch nannte.

Ich konzentrierte mich und visierte das Ziel an, welches rötlich glühte. Ich drückte den Abzug. Treffer! Der Antrieb am Heck des Vehikels begann zu flackern. Ich musste das Antigravitationsgerät zerfetzt haben und die austretenden Wellen schüttelten es durch wie eine besoffene Weihnachtsgans. Der Schütze fiel aus dem Auto. Witzig. Das Auto selbst dagegen schlitterte jetzt wie in Zeitlupe gen Boden.

Doch die Drohne war ja noch da. Der Rätsel der Rakete löse sich schnell, da sie noch eine abfeuerte und sich so als Ursprung zu erkennen gab. Damit hätte ich nie gerechnet; sie waren also ausgestattet mit diesen todbringenden Waffen.

Ich zog mich ins Auto zurück.

"Sarah, denk einfach nichts! Wenn ich sage ziehen, dann ziehst du das Ding einfach hoch, okay?". Ich war nun in der Hektik beim Du angekommen. Wie unhöflich. Nicken tat sie dennoch. Von der Rakete aber schien sie nichts zu wissen. Besser so.

Ich drehte mich um. Die anfliegende Rakete war nah. Nur noch ein paar Sekunden.

"Ziehe!", schrie ich.

Mein Magen drehte sich um, gut, dass ich noch nicht gegessen hatte - unser fliegendes Auto machte eine rapide Bewegung mit vielen, vielen G, schnurstracks weiter in die Lüfte!

Die Rakete flog unter uns hinweg, doch sein Zielsuchsystem brachte sie wieder auf Kurs, uns folgend wie ein tollwütiger Hund.

"Hör zu Sarah, da kommt eine Rakete auf uns zu."

"Was?", fluchte sie.

"Ja. Da ist der Wolkenkratzer. Flieg so nah dran wie möglich und bete, dass wir sie dazu bringen, auf den Stahlbeton zu knallen."

"Ich hasse den Tag, an dem ich Sie kennengelernt habe!"

"Ging ja von ihnen aus!"

So nahe am Tod begann ich mein neues T-Shirt durchzuschwitzen.

"Mädel, du schaffst es!"

Die Rakete war kaum zwei Meter hinter uns. Wir waren nahe an dem verlassenen Riesengebäude des ehemaligen Industriedistrikts. Welche Strecke wir schon hinter uns hatten!

Näher kommend. Zwanzig Zentimeter.

Die Frau riss den Joystick nach oben. Nanometerarbeit. Ich fühlte schnelle Vibrationen. Gefolgt von unangenehmen Schallwellen.

Hatten es geschafft. Das Gebäude unter uns begann zu kollabieren.

War das metallische Arschloch immer noch mit einer weiteren Ladung bestückt? Ich lehnte mich wieder aus dem Fenster. Da war sie. Wahrscheinlich gerade auch alles aufzeichnend und es live ins Computersystem sendend.

Junge, du hast dir heute deine bürgerliche Existenz gründlich vernichtet, dachte ich noch kurz.

Ich machte einen Versuch. Zielte. Oh nein, vorne öffnete sich noch ein Schacht der Drohne. Wohl eine weitere Rakete.

Konnte ich es vorher schaffen? Wir hatten sonst hier auf dem offenen Feld wohl keine Chance. Sekundenarbeit. Wie bei einem Duell im Wilden Westen. Abzug gezogen. Blei hoffte schneller zu sein als eine angetriebenes Blech!

BANG, BOOM, BANG!

Rauch stieg auf und die Drohne ging in Flammen auf. Ich musste die Rakete getroffen haben und diese dann prompt explodiert sein. Trümmer krachten Richtung Boden.

Eine seltsame Stille machte sich breit, als wir so zwanzig Meter über den Boden geradewegs vorwärts schlingerten. Ich schaute Frau Abohzo von der Seite an. Sehr angespannt war sie immer noch.

"Ich denke, es ist vorbei.", sagte ich.

Sie schwieg. Wir mussten jetzt sowieso erst mal einen sicheren Ort finden.

"Tun Sie mir noch einen Gefallen: schmeißen Sie

die Batterien ihres Geldchips aus dem Fenster."

17

Also da waren nun diese zwei Menschen in einem Wald und jeder von ihnen saß auf seinem eigenen umgefallenen Baumstamm. Aber nur einer von ihnen gefasst.

"Ich glaube dir kein Wort, du Bastard!", fauchte sie mich an. Sie war kurz davor zu weinen, in diesem Zustand befand sie sich, seit ich ihr in den letzten zwei Stunden immer wieder alles erklärt hatte, was bisher vorgefallen war. Wieder und wieder. Ich schätzte, ihre Reaktion war wohl normal, wenn man verarbeiten musste, dass der eigene Ehemann ein sadistischer, Frauen verstümmelnder Mörder ist.

"Hör mir zu, Lady! Ich bin wegen dir in dieser Situation. Nicht anders herum! Denk einfach mal gründlich drüber nach, wenn du jemanden heiratest.", konterte ich nun endlich ihre Attacken, nachdem meine vorherige Strategie - Verständnis und Beistand - nichts half.

"Du bist irre! Du hast dir das alles ausgedacht!"
Mir fiel noch etwas ein. Ich hatte ja noch die Videoaufnahme aus der Bar. Ich schlenderte zu unserem Fahrzeug, dass ich ebenfalls hier auf der Lichtung geparkt hatte, vier Kilometer entfernt von der Stadt, wo wir hoffentlich vorerst unsere Ruhe hatten. Ich öffnete die Tür, nahm meinen Mantel und holte das Aufnahmegerät hervor. Keine Sorge, ich

hatte es gewaschen. Ich kehrte zu der Dame zurück und warf es ihr zu. Natürlich fing sie es nicht und es landete vor ihr im Schlamm.

"Was soll das sein?"

"Solide Beweise.", sagte ich kühl.

Es war wirklich eine surreale Situation. Ich hörte die Schreie der Eulen weit entfernt, direkt hier herrschte der Wahnsinn.

Sarah zögerte. Vielleicht wollte sie das Wahrheit nicht wissen. Ich wartete ja nur darauf, dass sie ihre nächste Rationalisierung durchführte, den nächsten Verdrängungsmechanismus, um ihren Verstand rein zu halten.

Doch dann beugte sie sich vor und hob es auf.

"Der rote Knopf," sagte ich.

Sie aktivierte das Gerät und ein Hologramm erschien zwischen uns, direkt in das schwarze Nichts zwischen uns und erhellte den Boden mit seinen grün-blauen Photonen. Dann spielte sich das Verkaufsgespräch aus der Bar automatisch ab, projiziert in die Luft.

Zeit verging. Alles war mehr oder weniger vorhanden. Sie glotze nur fassungslos darauf. Es wiederholte sich automatisch. Mehrmals, da keiner etwas sagte oder reagierte. Die Qualität der Aufnahme war schäbig, die Wahrheit jedoch radikal. Ja, ich konnte eine Welt in ihr Sterben fühlen.

"Du hast das gefälscht!", schrie sie. Tränen kullerten über ihre spitzen Wangen.

Ich bemühte mich nicht mal um eine Antwort.

"...doch nicht Jeremiah...".

Verzweiflung.

Ich ging zu ihr und legte meinen Arm auf ihre Schulter. Zuerst wehrte sie sich ein wenig doch dann legte sie ihren Kopf sanft an meine Schulter.

"Frau Abohzo, es ist alles okay." Was es natürlich nicht war.

Die Stille umfasste uns. Was sollten wir nun tun? Ein Labyrinth der Verwirrung. Purer Wahnsinn. Aber ich musste mit ihr besprachen, was wir jetzt tun sollten. Aber erst wartete ich, bis sie wieder gefasst war.

Sie erhob sich und sah mir dann tief in die Augen. Ihre Tränen waren getrocknet.

"Was machen wir nun, Herr Faulkner?"

Erst antworte ich nicht. Dann lächelte ich sie an und sagte: "Zuerst, nenn mich bitte Rhys."

Sie schmunzelte leicht. "Nenn mich Sarah. Dutzen tust du ja eh schon."

"Ich weiß nicht. Es gibt ja nur zwei Optionen. Entweder versuchen wir dieses Land zu verlassen, entweder in die nördliche Wüste oder die südlichen Höhlen. Das Auto könnte uns dort einfach hinbringen. Oder wir versuchen, diese Situation zu lösen..."

Ein weiterer Moment der Stille folgte.

"Natürlich können wir im Falle der Flucht nie wieder zu unserem alten Leben zurückkehren. Das ist nicht leicht. Passierte mir schon mal in einer gewissen Art und Weise. Vielleicht schaffe ich es wieder. Viel hält mich ja nicht. Aber bei dir weiß ich es nicht. Du wirst alle Freunde und Familienmitglieder vielleicht für immer verlieren…"

"Das ist mein geringstes Problem! Ich habe keine!", seufzte sie.

"Kann ich nicht glauben."

"Du weißt doch was ich bin."

"Ähm, nein?"

Sie sah mich energisch an. "Meine Augen lügen nicht!", sagte sie.

Ihre mandelförmigen, dunklen Augen. Sie glänzten gerade. Wunderschön. Und auch eine wunderschöne, wenn auch schmerzvolle Erinnerung kam hoch. Aber ich verstand. Ich verstand zu gut. "Sie denken doch alle ich bin einer der Feinde. Oder zumindest eine ihrer Töchter!"

"Aber du bist doch Amerikanerin, oder?"

"Laut Geburtsort. Meine ganze Familie. Seit Generationen. Aber das ändert ja nicht mein Blut. Und jetzt sind sie ja alles… gegangen."

In mir kam jetzt einiges aus der Vergangenheit hoch.

"Sind sie an der Freiheitsmikrobe gestorben?"

"Ja! Die Freiheitsmikrobe! Der wahre, amerikanische Held!"

Ich zögerte kurz und sagte dann gefühlvoll: "Sie nahm mir auch jemanden."

Die erstaunte Frau vor mir fragte nur: "Wen?"

"Darüber will ich jetzt nicht reden!", wich ich aus. Zu viel Schmerz jetzt. "Aber du hast doch immerhin überlebt!"

"Ja, eine der wenigen. Ich hatte Glück. Aber manchmal denke ich, es wäre besser gewesen, wenn ich auch verreckt wäre, wie all die anderen, auch wenn es noch so grausam gewesen wäre."

"Ich hatte mal ähnliche Gedanken."

"Warst du im Krieg?"

"Ja. Aber ich war jung. Nur im letzten Jahr der Feindseligkeiten."

"Dann hasst du mich auch?", sagte sie leicht ängstlich.

"Schwachsinn. Du bist Amerikanerin, wie ich auch."

"Manche Leute haben da ja andere Meinungen."

"Traurigerweise. Scheiß auf sie. Wir arbeiten ja mittlerweile alle an unseren rückständigen Ansichten, die Medien helfen ja dabei.", sagte ich mit einem entschuldigenden Unterton.

Jetzt begann sie zu weinen.

"Hey, es ist okay!", sagte ich und berührte sie erneut.

"Jeremiah! Er nahm mich bei sich auf, holte mich von der Straße! Hat mir so viel gegeben. Und jetzt soll er so ein Monster sein... Ich kann es nicht glauben!"

Stille wieder.

“Rhys, ich kann nicht gehen! Ich muss die Wahrheit erfahren!“

“Verstehe ich.“

Ich befürchtete, ich würde mal wieder alles versauen. Viel hielt mich nicht hier. Keine Familie mehr, keine nahen Freunde, nicht viel Spaß, dafür aber ein Sack Albträume jede Nacht. Aber diese Frau... ein Geist der Vergangenheit, der viele gute Züge an mir wieder aktivierte. Sie war zudem ein einsames Mädchen in einer großen Welt. Ich musste sie beschützen!

“Sarah, ich helfe dir dabei. Wir stecken da gemeinsam drin. Und...“, sagte ich. “...ist es ja immer gut einen Freund zu haben.“

Verständnisvolles Schweigen, nur teilweise durchbrochen durch die wundervollen Geräusche der Eulen des Waldes.

“Wo sollen wir anfangen?“, fragte sie.

“MFI. Wir müssen da rein!“, schoss es aus mir heraus.

“Wie?“

“Hab einen Plan.“

“Dachte ich mir.“

Beide blickten auf unser Vehikel.

“Aber damit eins klar ist: Du wirst es steuern. Du kannst das besser als ich!“, witzelte ich. Es war nicht mal eine Lüge.

18

Das Auto verstecken wir in einem dieser vielen verlassenen Lagerhallen des *Sabre Districts*. Vorsichtig und immer ausschauend nach unseren Freunden, den Drohnen, bewegten wir uns die Allee hinunter und kamen an ein paar schleimigen Nutten und Zuhältern vorbei. Einige der Kunden sahen Sarah an, auf eine widerliche und eindeutige Weise. Jedes dieser Gesichter konnte Gefahr bedeuten. Es war ein Fest der entfesselten Paranoia für mich.

Jetzt hatten wir unser Ziel erreicht, ein heruntergekommener Tanzladen, das *FULL HOLE*, in dem sich so ziemlich die ärmsten Leute dieser Stadt trafen, um sich zu amüsieren und stoßbares Material aufzutreiben. Der riesige, fleischbergige Türsteher kannte mich und ließ uns wortlos vorbei.

Die mit Alkohol verschmierten Treppen hinter kamen wir in einen Keller, in dem etwa drei Dutzend Leute waren, die teils soffen, teils vulgär tanzten, zu den Beats dieser schrecklichen, untalentierten eine-Note-gleicher-Rhythmus-Bands. Wo war die Schönheit Beethovens dieser Tage?

Einige der Gäste waren wohl Neuankömmlinge von den südlichen Inseln. Kein Wunder, dieser Club war wohl der einzige, der ihnen Zugang gewährte.

Ich schaute mich um doch sah sie nicht. Wir gingen durch die Menschenmenge und die Blicke, die Sarah galten, gingen mir langsam auf meine massiven Eier. Manche versuchten ihr scheinbar auch an den Arsch zu fassen, sicher versteckt in der Anonymität der Masse. Ich hatte aber jetzt keine Zeit, hier für Gerechtigkeit zu sorgen.

Ich fand sie schließlich, tanzend wie ein eleganter, besoffener Esel, begleitet von ein paar anderen Schlampen, die in der unteren Körperregion auch nur mit den gleichen, roten Slips bekleidet waren, bedeckt durch die kürzesten Röcke der Welt, die sie jedoch gummiartig stets umher fetzten und den Blick nach unten freigaben. Man konnte die Umrisse ihrer Geschlechtsorgane gut erkennen und im Prinzip den ganzen Arsch. Aber lassen wir das.

Ich ging zu ihr hin. Erst bemerkte sie mich nicht. Dann schaute sie mich an, nickte und drehte sich um, um mir ihren Arsch an die Schritt zu pressen. Es war durchaus anregend, auf eine vulgäre Art und Weise, aber ich hatte jetzt keine Zeit für diese Spielereien.

"Ich brauche deine Hilfe.", sprach ich direkt in ihr Ohr.

"Wahrscheinlich", stöhnte sie. Sarah seufzte neben mir einfach nur.

Ihre brauen, leicht rötlich angefärbten Haare berührten meine Lippen. Sie roch nach einer kompletten Schnapsbrauerei.

"Ich brauche einen anonymen Decrypter!"

"Kostet dich was!", antwortete sie prompt und schüttelte ihren Körper, als sie leicht vorwärts tanzte.

„Ich brauch das neuste Modell, wenn möglich!“

„Kostet dich noch mehr, Schätzchen.“ Sie war mir jetzt wieder so nah, dass ich kurz davor war zu erigieren!

„Hast du eins dabei?“

„Ja!“, flüsterte sie.

„Gut.“

Es mag unglaubwürdig erscheinen, aber dieses kleine, junge zwanzig Jahre alte Partygirl war eine der meistgesuchten kriminellen Personen in diesem Land, stets versteckt hinter dem Pseudonym *CuntLicker47*, ein Computer-Crack, schwer involviert in den Handel mit illegalen Technologien. Ich war mir sicher, dass sie ein paar Bodyguards hatte, die sich als Gäste ausgaben! Eine Handbewegen und sie würden mich mit Blei durchlöchern. Mord auf der Tanzfläche. Aber es war ja ihr Club!

Ich zog mir eine Packung der synthetischen Drogen aus der Tasche, die sie so gerne genoss. Ich hatte immer ein paar dabei, da sie eine Art semi-offizielle Währung in dieser Gegend darstellten. Illegal natürlich, aber ich hatte mir dazu ein spezielles Fach in meiner Jacke zugelegt und ein paar Packungen immer in den Distrikten deponiert, da sie in vielen Fällen sehr nützlich waren, schnell an Informationen zu kommen. Ein paar hatte ich mir heimlich bei einem Polizeijob eingesteckt.

Einen Geldchip konnte man ja nicht benutzen

um zu zahlen, da sie nur mit der DNA des Besitzers funktionierten und stets Funkverbindung mit dem Datensystem hielten. Hätten wir die Batterie von Sarahs Chip nicht entfernt, wären sie wohl gleich da, im Falle der Nutzung. Vielleicht auch so. Ich war mir sicher, dass da einfach ein Ortungsgerät drin sein musste.

CuntLicker47 nahm die Leckereien und sagte: "Siehst du den Typ da?". Sie zeigte auf einen Mann, der auch bei den Sieben Zwergen hätte dabei sein können. Er blickte sie an und zuckte kurz mit dem Kopf so, als hätte er verstanden. Vielleicht war er Lippenleser.

Ich nickte.

"Geh zu ihm."

Ich verabschiedete mich nicht und ging. Sie kehrte sofort in ihre Welt der Tanzexstase zurück und verschwand zwischen den Menschen. Der Mann war nicht sehr einladend, nahm mich wortlos mit und wir drei gingen dann einen langen Gang hinunter, der nicht beleuchtet war. Es roch aber nach Wein, was ich unheimlich fand.

Wir erreichten eine Tür, die sich automatisch öffnete. Wie Säcke von Kartoffeln war dort wahres High-Tech-Equipment gestapelt! Millionen Credits wert, und doch so unbedarft gelagert. Aber der Mann beherrschte die chaotische Lagerhaltung perfekt und zog das Richtige sofort hervor, um es mir zu geben.

Wir hatten immer noch nichts zueinander gesagt. Mit einer Handbewegung machte er mir klar, dass wir verschwinden sollten. Nichts lieber als das.

19

Explosionen. Blitze. Die schönen Feuerwerke des Krieges. Ich halte mein Sturmgewehr nah an meiner Brust. Vor mir liegt ein durchsiebter Kamerad, einst stolzer Träger der Uniform der Vereinigten Staaten von Amerika, oder zumindest dem, was man von beiden noch übrig ist!

Ich habe keine Angst. Kugelhagel. Raketen. Ich bin einer der letzten Überlebenden! Schritte! Jemand kommt den Gang entlang. Muss der Feind sein! Töte ihn, Rhys! Er kommt näher. Puls steigt. Spüre ihn. Komm zu mir, Bastard!

Ich drucke mich gegen die Wand. Ich bin allein! Ich muss ihn töten. Nah genug scheint er zu sein. Hinter der Ecke! Nichts ahnend. Ich drehe mich hinein und ziele. Meine Waffe blickt in das Nichts. Ein Schatten in der Finsternis. Ich drücke den Abzug.

Ein Schuss, ein Kopf durchlöchert - wie immer!

Ein Schrei im Nichts.

Der Schatten fällt zu Boden.

Ich gehe vorwärts. Ich muss es sehen. Ein lebloses Wesen am Boden. Näher komme ich.

Diese Gesichtszüge!

Nein!

So gewohnt. So wertgeschätzt!
Was habe ich getan?
Kekio, ich habe dich getötet...
...Sarah, ich habe dich getötet...

20
"Rhys, was ist los?"
Jemand schüttelte mich wie eine Plastikpuppe. Meine Sinne kehrten zur mir zurück. Als ich meine Augen öffnete sah ich Sarahs bezauberndes Gesicht über mir.
"Was meinst du?", stammelte ich.
"Du warst extrem unruhig."
"Schlechter Traum.", japste ich.
"War wohl intensiv. Hast du öfter so etwas?"
"Jede verdammte Nacht."
Mein Rücken schmerzte. Das fliegende Auto war nicht der beste Ort zum Schlafen.
"Von was?"
"Alten Erinnerungen."
"Erzähl es mir.", sagte sie mit weit aufgerissenen Augen.
"Kann ich nicht."
"Vielleicht hilft es dir ja?"
"Bezweifele ich." Ich wollte aber auch einfach nicht darüber reden.
"Geht es um den Krieg.
Nah dran, dachte ich. Ich entschied mich dennoch, den Mund zu halten.

"Langweiler!“, sagte sie. Wieder bemerkte ich ihre Schönheit. Ich ertappte mich dabei, so etwas wie Gefühle zu spüren. Oh je. War das eine zweite Chance für mich? Oder einer weiterer von Gottes verrückten Plänen, mich in den Wahnsinn zu treiben?

"Hör zu Sarah, heute Abend haben wir unseren großen Auftritt. Ich muss so fit wie möglich sein. Also nerve jetzt nicht!“, sagte ich bestimmend.

"Ja, Sir!“, sagte sie.

Ich aktivierte den Bildschirm des Autos und schaute, was das klassische Einwellen-TV-Programm so anbot. Vielleicht würde es uns beide ablenken.

Die Nachrichten erzählten von einigen Dingen. Sechs Selbstmorde von Menschen über 60 letzte Nacht, ein neuer Rekord. Seltsam, dachte ich, aber vielleicht waren sie in der modernen Welt einfach so einsam. Das war ja häufig heutzutage. Zumindest hatte ich das mal gelesen.

Der Sprecher erzählte dann noch etwas anderes. Es erschien trivial, aber dennoch symbolisch. Einer meiner Kindheitshelden hatte sich auch das Leben genommen. Emil Wallstedt, Sohn des ersten Mannes, der den Mond betrat und selber ein berühmter Pilot experimenteller Orbitalflugzeugen. Er war aber weit jünger als 60. War mal ein großer Star. Eine Inspiration für viele Kinder, aber ab einem gewissen Zeitpunkt, gar nicht mal so lange her, verschwand er dann aus der Öffentlichkeit. Wahrscheinlich hatte er genug von all dem Ruhm. Möge er in Frieden ruhen, dachte ich.

Dann kam noch etwas über einen Angriff auf eine Baptistenkirche. Penise hatte jemand darauf gemalt, sowie ein paar vulgäre Worte. Das Fernsehen zeigte die Wand sogar. Ich fand es teilweise sogar recht witzig, doch dann bemerkte ich etwas, das unten rechts blutrot hingepinselt war:: *BEGONNEN DIE HERRSCHAFT DES TURANIDEN HAT!*

Es klang fast wie aus einem schlechten Film genommen und adaptiert. Ich bekam dennoch kurz Gänsehaut. Dann dachte ich wieder, wie schnell sich derartiger Blödsinn viral verbreiten konnte.

Sarah suchte Nähe. Sie legte ihre Hand auf meine Schulter.

"Sag mal, Rhys, betest du eigentlich?", sagte sie hauchend.

"Ehrlich gesagt... nein.", sagte ich wie aus der Pistole geschossen. Dann machte ich eine dumme Anmerkung: "Ich bete nur, dass bald der Chirurg kommt."

"Was soll denn das bedeuten?"

"Vergiss es. War nur Unsinn aus meinem Munde.", lenkte ich ab.

Wir hatten nur noch wenige Stunden, bis wir uns in das Herz der Finsternis, wie es mir im Moment erschien, vorwagen würden. Wir verbrachten die

Zeit mit Fernsehschauen und kleinen Nickerchen. Sonst passierte nichts. Aber ihre Berührungen, so zufällig sie waren, fühlten sich gut an. Unbekannte, und doch so angenehme Emotionen kamen in mir auf.

21

Der arme Kerl bekam meine Fausts ins Gesicht und wurde prompt ohnmächtig. Er wurde ein zufälliges Opfer. Sarah wirkte schockiert von meiner Brutalität, aber mir war es egal. Oder? Egal, ich durchsuchte ihn und fand was ich wollte. Ich nahm die ID-Karte für das MFI-Gebäude und verband des mit dem Decrypter. Seine kleinen Lichter flimmerten unregelmäßig. So machte man damals einen Universalschlüssel.

Ich fesselte den Schlingel und platzierte ihn hinter ein paar Müllsäcken. Danach würde ich einen kleinen Anruf tätigen, dass man ihn doch bitte in ein Krankenhaus bringen sollte. Aber nicht jetzt.

Zurück beim fliegenden Auto, dass im Hinterhof einer alten Kaserne parkte, warteten wir noch etwas. Das MFI-Gebäude musste jetzt leer von Menschen sein. Sarah hatte mir bereits den Aufbau geschildert, ich hatte es mir gemerkt und visuell in meinem Kopf nachgestellt.

Meine Digitaluhr schlug 21 Uhr. Jetzt war es Zeit. Sarah war am Steuer, das Auto erhob sich in den Nachthimmel und schwebte dann direkt über dem

MFI-Komplex. Ich öffnete meine Beifahrertür, als wir tief genug gesunken waren und sprang. Ich kam auf dem Dachschotter auf, leicht ins Taumeln. Ein wenig schmerzte meine Kniescheibe.

Unten am Boden waren einige Wachmänner. Aber ich spekulierte darauf, dass sie mit einer Invasion aus der Luft nicht rechneten. Fliegende Fahrzeuge waren noch neu und dazu sehr leise, Helikopter und Flugzeuge hätte man dagegen wohl schnell bemerkt. Aber nicht unser kleines Turteltäubchen, Weijns kleine Gabe.

Weijn. Oh Gott. Sie mussten ihm gerade die übelsten Storys über mich erzählen.

Hinter mir nahm ich Sarah war, wie sie das Auto wegsteuerte und auf einem nahen Wolkenkratzer landete, von wo aus sie auf meine Rückkehr warten sollte.

Ich erreichte den Notfallausgang des Daches. Natürlich war sie massiv und verschlossen, aber mit meinen Fähigkeiten knackte ich das analoge Schloss sehr schnell. Die Treppen und die Gänge die ich dann durchquerte erinnerten mich an gewöhnliche Einkaufszentren, kaum Gedanken an ein möglicherweise kriminelles High-Tech-Firmengebilde hervorrufend.

Nach ein paar weiteren Treppen abwärts erreichte ich eine Tür. Hier begann der futuristische, abgespacte Look der MFI-Inneneinrichtung. Die Tür leuchtete grell und war aus einer Art dünnem Glas gemacht, aber in Wahrheit war es so massiv, dass man wohl eine nukleare Explosion erzeugen musste, um sie zu zerschmettern. Darum nannte man es auch Nuke Glass. Aber es war ja ein Slot für ID-Karten daneben.

Der Moment der Wahrheit kam. Ich führte den Decrypter und die gestohlene Karte ein. Es musste doch funktionieren. Doch erst Stille. Verdammt. Das konnte die Aktivierung eines Alarms bedeuten. Ich berührte das Gerät. Es war warm geworden. Sah nicht gut aus.

Doch dann hörte ich ein klicken. Die Tür sprang auf. Gott sei Dank.

22

Ich war nun in dieser Gruft der fürchterlichen Kreationen angekommen. Vor mir war ein Großraumbüro, in dem alles so aussah, als würde die Putzfrau jede Stunde durchgehen. Durch die gigantischen Fenster machte sich die Stadt hier drin bemerkbar. Es war eine eigenartige Mischung aus Stille und dem blauen Glühen, dass durch das Glas eindrang.

Ich dachte noch kurz an etwaige Überwachungskameras, die sich beispielsweise in den Wänden verstecken konnten, um mein Gesicht zu identifizieren. Mir war es jetzt egal, ich musste einfach schnell sein.

Ich ging an den Schreibtischen vorbei, durch den

Raum, und erreichte schließlich eine weitere Treppe, die viel geräumiger war. Ich schlich mich dann abwärts. Ich war im siebzehnten Stock, musste runter in den vierzehnten.

Dort ging ich durch ein metallenes Tor, wie ein Katze in der totalen Finsternis. Die Einrichtung war wie die der anderen Etage. Ich hielt nun Ausschau nach Raum 14-013. Ich hoffte nur, hinter den Nummerierungen hier gab es ein System. Ich hatte Glück. Links die geraden Zahlen, rechts die Ungeraden, alle sauber aufsteigend.

Ich ging durch den Gang und erreichte die Tür. In ein kleines Plastikschild war ABOHZO graviert. Ich drückte die Klinke hinunter, aber natürlich traf ich auf Widerstand - verschlossen! Zum x-ten Mal begann ich mein Werkzeug herauszuziehen und den Schlüsseldienst zu spielen. Und wie immer gelang es mir auch. Ich war halt talentiert.

Schatten und blaues Leuchten berührten den unaufgeräumten Schreibtisch, der mit Papier und Tablets überzogen war. Eine halb ausgetrunkene Kaffeetasse stand ebenfalls auf ihm. *Was für ein Schmutzfink,* dachte ich. Kein Wunder, dass so jemand auch Menschen tötete!

Ich setzte mich auf den Stuhl. Mir war, als würde ich Abohzos Aura nun förmlich spüren. Das Mondlicht war hell genug, so dass ich lesen konnte. Die meisten Papiere erschienen uninteressant. Doch dann sah ich eine verschlossene Akte, auf der

DOLLS stand.

DOLLS? Das klang doch passend. Ich öffnete es und überflog die Zettel, um gewisse Stichworte zu finden. Mein Herz raste dabei, vielleicht waren schon Leute auf dem Weg hier her. In Zeiten der totalen Kontrolle konnte man das nie wissen!

Ein paar Adressen waren darin. Daneben große Summen von Credits eingetragen. Über 1.000 Kunden - scheinbar Kunden - und der Geldbetrag akkumulierte sich auf beachtliche 1109000000, was in diesen Tagen vermutlich mehr als 20% der gesamten Staatssteuereinnahmen ausmachen würde! Ja, das Land war arm und die reichen Leute hatten macht genug, nichts herauszurücken.

Ein Spalte auf einem anderen Blatt nannte sich MODEL. Darunter ein paar Buchstaben mit Zahlen, je Zeile. Ich war mir irgendwie sicher, dass hinter jeder dieser Kennungen ein menschliches Wesen stand. Soweit man das so nennen konnte. Klone für Sex und sonstiges Vergnügen. Gehorsam und lebendig. Lukratives Geschäft. Vielleicht wurden sie in die ganze Welt verkauft.

So weit, so schrecklich.

Verdächtig machte es die ganze Sache nur umso mehr, dass dies alles hier ausgedruckt herumlag. Als ob man die Speicherung im Staatscomputersystem vermeiden wollte. Wer weiß. Oder vielleicht mochte er es einfach nur so.

Am Bildschirm des Computers, der am Schreibtisch stand - erstaunlich retro - hing ein Zettel. Ich nahm ihn. Es war kaum lesbar, als ob es vom Krümmelmonster selbst verschrieben wurde.

SAWCORP RIEF AN. GEDÄCHTNISIMPLANTATE SIND NUN VERBESSERT. DER TURANIDE WIRD GLÜCKLICH SEIN.

Gedächtnisimplantate? Ich dachte, so etwas war derzeit unmöglich. Und dann dieser Name... war das einfach nur ein Hahaha-Insider-Witz oder war dieser Typ tatsächlich eine reale Person? Unheimlich.

Um meine Ängste zu bekämpfen begann ich etwas zu summen. Ich musste einen ganzen Ozean aus mir geschwitzt haben. Ich brauchte eine neue Spur, beispielsweise wo diese Klone hergestellt wurden.

Dann wurde ich mutig. Zu mutig vielleicht. Ich aktivierte den Computer. Er hatte ein Passwort. Keine Überraschung. Ich rammte den Decrypter in den Slot. Vielleicht konnte ich dieses System ebenfalls überschreiben.

Es wäre ja auch zu schön gewesen. Auf dem Bildschirm stand nun: ILLEGALER ZUGRIFF. SYSTEM BLOCKIERT.

Wie dumm von mir. Jetzt hatten sie mich definitiv bemerkt. Ich nahm so viele Akten mit wie möglich und hoffte, ich hatte noch genug Zeit für den Rückweg! Zu allem Überdruss war mein Fuß noch leicht eingeschlafen!

Ich verließ den Raum und wollte zum Dach zurück. Das war nun schwierig, da das Sicherheitssystem jetzt funktionierte! Die Tür zur Etage war nun verschlossen und blockierte mir den Zugang zum Treppenhaus. Ein Cardreader war auch nicht da. Scheinbar konnte die Türen nur das System schließen... und öffnen. Ich war die Ratte in der Falle. Und so lecker war der Käse auch nicht.

Ich tippte gegen das Glas. So massiv schien es nicht. Ich nahm meine Waffe und feuerte drei mal dagegen. Risse waren da. Ich sprang dagegen und brach so durch.

Schlösser knacken, Glas zerschmettern. Die Tage des süßen Deja-Vus.

Nun wo jetzt lang? Hoch auf das Dach, also den gleichen Weg zurück? Die Sicherheitstür dort war bestimmt auch wieder verschlossen wurde und jetzt, unter höheren Sicherheitslevel des Gebäude, würde das magische Gerät aus meiner Tasche wohl nicht mehr funktionieren!

Nein, ich musste es anders machen. Ich ging stattdessen nach unten. Ich blickte jeweils vorsichtig um die Ecke, als ich den Spindel-artigen Abstieg durchführte. Sie könnten überall sein.

Ein paar Stockwerke tiefer sah ich dann eine massive Stahltür am Rand, die einen deutlichen Kontrast zu den Glastüren darstellte, die sonst immer jede Etage an dieser Stelle waren. Ich machte die Kurve vorbei um die Treppe weiter hinunter zu gehen, doch dann sah ich zwei Männlein hochkommen. Gebäudesicherheit. Einer von ihnen schrie "Halt!".

Ich lief wieder rückwärts. Ich feuerte aus Panik.

"Einen Schritt näher und ich knall auch Bastarde ab!", rief ich ihnen zu und versuchte ihnen so Angst zu machen. Die meisten Sicherheitsangestellten kamen ja im wahren Leben nie in eine wirklich gefährliche Situation. Darauf zählte ich. Ich zählte auf das Entstehen von Angst in ihrer Seele.

Ich wollte nun einfach rückwärts wieder die Treppe hoch und mich dort dann irgendwo verschanzten doch dann--

Zzsshhhszzzshhhhzzz...

Irgendetwas in meinem Geist zuckte.

Zzsshhhszzzshhhhzzz...

Schon wieder. Was war das? Es war, als würde etwas seine mentale Hand ausstrecken und versuchen, mich zu berühren.

"Komm hinein!", hörte ich. Es war grotesk. Wer sagte das? Ich hatte es doch genau gehört. War es nur in meinem Kopf? Ließ der Stress mich durchdrehen?

Meine Feinde kamen wieder näher und murmelten etwas davon, einem Bastard eine Kugel in den Kopf zu jagen. Sie meinten wohl mich.

Ich drehte mich zur Stahltür hinter mir und sah ein Terminal.

"UX-3-8-9-XU", schoss mir wie aus dem Nichts

durch meine Gedanken.

Meine Welt drehte ab. War das der Code für die Tür? Woher sollte ich das wissen? Himmel! Ich feuerte noch einmal die Treppe hinunter, um die Wächter wegzuhalten. Dann versuchte ich mein Glück und hämmerte die Zahlen und Buchstaben in den Touchscreen.

Nichts passierte. *War ja klar, Angst und Illusionen, kein Zweifel!*, dachte ich.

Eine Kugel prasselte gegen den Stahl neben mir und das Blei sprang abgelenkt gegen mein Bein. Ich warf mich auf den Boden und schlitterte vorwärts an den Rand der Treppen und feuerte nochmals blind. Einer viel hin, aber vom Geräusch her, war er wohl nur beim in Deckung gehen ausgerutscht.

Dann knackte es hinter mir. Oh je, die Tür öffnete sich mechanisch! Tatsächlich also! Aber woher konnte ich das Passwort kenne? Hatte ich es in Abohzos Büro irgendwo unterbewusst gelesen?

Ich stand geschwind auf und ging über die Schwelle. Wieder eine Kugel hinter mir, diesmal knapp vorbei. Auf der anderen Seite war neben dem Tor ein Knopf. Ich sprang und noch im Flug drückte ich ihn. Ich hoffte, das war eine manuelle Verschlussfunktion! Aber bei meinem Glück würden wohl eher eine Horde hitzesuchender, fliegender Kettensägen aus der Decke kommen, um meinen sexy Körper zu zerstückeln.

Aber nein. Mit einem Röhren ging die Tür tatsächlich zu. Einer der Sicherheitsmänner den ich sah, beschleunigte und versuchte noch durchzukommen. Er war jedoch zu spät. Der Spalt war zu klein als er kam. Aber nicht zu klein für ein Brise Blei. Ich überlegte noch kurz, als er aus dem Schatten kam, ihn einfach eine Kugel zu verpassen. Doch nein, ich war ein zu guter Mensch.

Ich war jetzt erst mal sicher, da nach Mindestlohn bezahlte Sicherheitsmännchen vermutlich nicht den Code für so ein geheimes... ja, wie sah es denn hier aus... Labor hatten. Also war ich für den Augenblick sicher, aber irgendwie doch mehr gefangen als zuvor!

23

Die Stille wirkte verstörend. Nichts war in dem Raum, in dem ich Zuflucht gefunden hatte. Die Fenster waren klein und vom Boden nicht erreichbar. Aber vor mir war ein Fahrstuhl. Ich hatte keine große Wahl. Ich drückte den Knopf um ihn zu öffnen und ging dann hinein- es war auch da keine große Auswahl, da es nur zwei Knöpfe gab und nach oben ging es von hier nicht. Ich drückte und hoffte einfach das Beste, als es abwärts ging.

Nach ein paar Sekunden öffnete er sich wieder. Ich ging heraus und befand mich mal wieder in völliger Finsternis. An der Wand war ein Knopf, den ich für eine Lichtschalter hielt. Es flackerte mehrmals über mir und mit einen Zischen wurde es dann hell. Plötzlich hörte ich Geräusche. Tiergeräusche? Mir war als hätte ich definitiv Hundegebell gehört.

Der Inhalt des Raumes war bizarr. Seltsame Maschinen, Reagenzgläser, lange Schläuche. Auf den Tischen, wie auf Werkbanken, lagen Körperteile herum - ich identifizierte Stücke von Kaninchen, Hunde und Katzen!

Was zur Hölle, dachte ich. Scheinbar wurden hier die modifizierten Haustiere hergestellt - ein perverses Wort -, die die sich die Leute kauften, die Zuneigung wollten, aber keine Kinder! Die Ethik starb hier einen hässlichen Tod.

Von morbider Neugier getrieben, die sich mit einer widerlichen Abscheu vermischte, ging ich weiter. Es stank nach Schweiß und Eiter. Am Ende eines Ganges sah ich dann die Käfige, in denen einige Tierchen untergebracht war, diesmal lebendig. Sogar Hühner gab es hier.

Ich marschierte weiter und am Ende des Korridors kam ein länglicher Raum. Ich guckte zufällig nach rechts und wurde geradewegs von einem metaphorischen Vorschlaghammer getroffen: Sechs menschliche Leichen lagen auf einem Haufen. Nackt. Auf kalten, weißen Fliesen, so dass man das Blut noch besser sah. Einigen fehlten gewisse Körperteile.

Ich musste würgen, doch da ich sehr mutig war, ging ich näher und kniete mich vor den Haufen. Sie waren von diversen Schlägen, zwei Blonde, eine Rothaarige, eine Schwarze... Schwarze... oh je... das war doch die Dame aus der Bar! Dann sah ich mir die anderen beiden an. Ostasiatisch - wie Sarah.

Kurz bevor ich dann endgültig kotzte, schaute ich mir eine der Blonden noch einmal an. Irgendetwas kam mir seltsam bekannt vor. Ich drehte ihren Kopf zur Seite - sie war schön wie Engel. Ich überlegte kurz. Nein, das konnte nicht sein.

Doch. Sie war es. Sarah Blightson, berühmte Schauspielerin, bekannt für Filme wie THE HUMMINGBIRDMAN und SUPERIOR PEOPLE. Und da lag sie nun, so ganz ohne linken Fuß. Ich berührte ihre zarten Backen. Sie waren eiskalt.

Jetzt kotzte ich dann wirklich, nach zwei Versuchen klappte es hervorragend und im Vergleich zu diesem Raum, diesem Labor, waren meine Essensreste eine Verschönerung.

Schnell kehrte ich in meinem Denkmodus zurück. Wie konnte sie hier enden? Ich sah mir die anderen Frauen an. Manche wirkten ebenfalls bekannt, aber mir kam ihre Identität nicht in den Sinn.

Der Wahnsinn. Ich bemerkte einen Schreibtisch halb im Dunkeln. Mein Gehirn war jetzt leer und ich entschied mich einfach dort nachzusehen. Vielleicht fand ich etwas, hier, gefangen in diesem Käfig der Abscheulichkeiten. Ich konnte hier nicht raus. Früher oder später würden sie hier hinunterkommen und mich haben.

Wie in Trance schaute ich auf die Unterlagen die auf dem Kunststofftisch lagen. Eine der Akten war mit SAWMIND beschriftet. Es konnte ja nicht Schaden, einfach mal reinzusehen. Ich war ja auch ein Fan dieser Firma.

"Persönlichkeitsimplantation" war die Überschrift... dann erhaschte ich die folgenden Sätze und Stichwörter: "plastische Korrektur der hormonell-bedingen Fehlbildungen"... "experimentelle Anpassung der Gehirnstruktur der neu-entdeckten Lebensformen"... "Erfolg bei der Gedächtnisimplementierung"... "Persönlichkeitsumformung erfolgreich"...

Was zur Hölle. Da war einiges an Fortschritt erfolgt in den letzten Monaten. Ich steckte mir das Zeug jetzt mal in die Tasche. Sie würden mich sowieso hinrichten und es mir wieder abnehmen, aber irgendwie war ich ja doch Optimist.

Ich wendete mich einem anderen Blatt Papier zu. Das war eindeutig eine Bestellliste. Namen waren darauf. Unter anderem Jenna Blightson! Viele von den Namen waren ebenfalls sehr bekannt. Eine Zeile mit "Stückzahl". Stückzahl? Dreimal Jenna Blightson?

Ein anderen Zettel las sich einfach nur "Anbei eine Probe der gewünschten Person."

Ach du Scheiße. Jetzt machte mein Hoch-IQ-Gehirn Klick. Das war nicht wirklich Jenna

Blightson. Es war ein Klon. Ein Klon, der an die Kunden ging, die ihre widerlichen Fantasien und Vorstellungen an ihr ausleben wollten.

MFI hatte also erfolgreich Menschen geklont, die Ontogenese beschleunigt, dann mit Hilfe von Saw-Mind die Gehirne aufgefüllt und dann daraus ein Geschäftsmodell erschaffen.

Clever, auf eine kranke Art. Aber wie konnten die Durchbrüche so schnell erfolgen? Vor einem Jahr schlug jeder Versuch Erinnerungen zu implementieren oder auch nur leicht zu modifizieren komplett fehl. Die meisten Experten waren der Meinung, dass es niemals funktionieren würde. *Embodiment Paradoxon* nannte man das. Und ich folgte diesen Studien ja ausgiebig.

War der Staat involviert? Es erschien mir unwahrscheinlich, dass den allmächtigen Computersystemen dies alles entgehen konnte.

Es machte eine Geräusch hinter mir. Der Aufzug kam wieder herunter. Jetzt war es wohl vorbei. Ich dachte daran, mich irgendwie zu verstecken und ein Schussgefecht anzufangen. Aber irgendwann würden sie mich haben. Ich war ja in der Falle.

Geistesgegenwärtig machte ich noch ein paar Fotos und Videos von der ganzen Sache mit meinem kleinen Gerät, natürlich war auch das momentan einfach sinnlos. Aber naja, Optimist und so!

Zzsshhhszzzshhhhzzz...

Da war es wieder. So laut in meinem Hirn. Ich

zuckte kurz spastisch. Nicht schon wieder diese Scheiße!

Zzsshhhszzzshhhhzzz...

Ich lies einen Schrei los. Ich Idiot. Jetzt wussten sie erst recht wo ich bin. Ich hörte bereits ihre Schritte... viele waren es!

Zzsshhhszzzshhhhzzz...

Ich schaute mich um. Auf der rechten Seite des Raums sah ich eine Tür, auf die ich mich wie von Geisterhand gelenkt hingezogen fühlte. Ich ging einfach hin und öffnete sie.

Zzsshhhszzzshhhhzzz...

Vor mir war dann wieder einer dieser Käfige, in der Mitte dieser kleinen Abstellkammer - so erschien es mir größentechnisch - aber was darin war, war weder Tier noch Mensch. Ich sah eine Wesen von der Größe und Gestalt eines Säuglings, kauernd am Boden. Es war nackt und haarlos. Die Haut war schuppig und von einem bräunlichen Grün. Das Gesicht war rundlich mit zackigen Ansätzen am Scheitel.

Was war das nun für eine abgefuckte Scheiße? Es wirkte niedlich, aber gleichzeitig einfach nur widerlich. Uncanny Valley-Effekt nannte man das wohl.

Es hob seinen Kopf und schaute mich mit seinen ovalen, pechschwarzen Augen an, dem Pupillen komplett abgingen. Der ganze Gesichtsausdruck machte einen Tintenfisch-artigen Eindruck. Trotz aller Fremdheit erkannte ich seinen Schmerz. Nun erblickte ich auch tiefe Narben auf den zarten Ärmchen.

"HILF MIR!", schallte durch meinen Kopf. Es bewegte seine Lippen nicht, es musste telepathisch kommunizieren. Was war dieses Ding?

"Wie kann ich dir helfen?", stotterte ich. Ich musste wirklich durchgeknallt sein und die schlimmsten Halluzination haben. Wahrscheinlich war ich schon Tod und in der Hölle, und hatte vorhin eine Kugel gefangen!

"Befreie mich..."

Ich zögerte. Aber was hatte ich zu verlieren. Im Nebenraum hörte ich die bösen Bösen anrücken. Ich versuchte also den Käfig zu öffnen!

Geschlossen, natürlich!

Keine Zeit zum Knacken. Ich nahm meine Waffe und feuerte auf das Schloss. Klirrend zerbarstete das Metall und ich hatte dem Wesen die Freiheit geschenkt.

"Ich kann dir helfen..."

Wie konnte mir so ein kleines Baby helfen? Wie auch immer. Ich ging in den Käfig und hob es hoch. Es war leicht glitschig und roch nach Salami. Wie als ob ich seine Mutter gewesen wäre, presste es sich an mich.

"Nehm die Spritze dort!"

Ich sah sie am Tisch neben mir. Ich griff sie mir.

"Ramm es in mich hinein, so wie sie es auch immer tun!"

Meine Güte.

"Wohin denn?", fragte ich.

"DIE VENE AN MEINEM KOPF!"

Ich guckte hin und sah sie dick und pulsierend an dem was man eine Schläfe nennen konnte. Wenigstens konnte ich nicht viel falsch machen.

Als ich die Spitze hinführte knallten sie die Tür auf. Voller Panik stieß ich die Spritze dennoch hinein und drückte einfach ab.

Die fünf Männer in den Ledermänteln richteten ihre Waffen auf mich.

"Ergeben Sie sich!", rief einer.

Es machte wohl keinen Unterschied. Sie wollten mich vorher töten, sie würden es jetzt tun. Ich bewegte meine Hand unscheinbar in meine Tasche und griff die Waffe. Lieber stehend sterben, in einem Inferno des Ruhms. Ich würde mich im Tod wie ein Held fühlen.

Ich schloss meine Augen ein letztes Mal. Ich spürte das kalte Metall des Griffs. Bald würden sie es bemerkten und mich durchlöchern. Ich hoffe wenigstens noch einen mitzunehmen.

Mit einer hektischen Bewegung zog ich die Waffe heraus, mit geschlossenen Augen. Ich wollte gerade abdrücken... *Auf Wiedersehen, Sarah,* ging mir durch den Kopf.

Ich öffnete meine Augen mit einem entschlossenen Blick. Doch dann sah ich etwas absolut durchgeknalltes. Vor mir waren diese fünf Wachen. Alle schwebten in der Luft, ihre Köpfe abgeknickt, einige rotierten durch die Luft. Blut kam aus ihren Mündern, sowie infernalische Schreie wie die einer gequälten Katzen. Dann auf einmal zerplatzen sie wie ein Balloon und ihre Gedärme verteilten sich am Boden.

Dann folgte das Nichts. Ich stand einfach nur da.

Ich schaute dann hinunter auf das süße kleine Ding in meiner Hand. Seine Augen blinzelten mich an, mit einer unfassbaren Unschuld!

Das war doch... dieses Ding? Was zur Hölle hielt ich da in meinen Armen?

Mit einem leeren Gehirn ging ich den Weg zurück. Nichts war in meinem Weg. Nicht im Labor, nicht in den Büros, nicht in den Treppen. Ich hatte noch einiges an Akten mitgenommen. Und natürlich das Kind selbst, dass scheinbar Menschen nur mit Gedanken zerfetzen konnte und so auch unzerstörbares Glas auf meinen Wunsch.

Dann begann es plötzlich zu Schlafen wie ein Engel, als wir das Dach erreichten. Schlaf den Schlaf der Gerechten, dachte ich mir noch. Ich konnte mir vorstellen, wie anstrengend so etwas sein musste. Ich zitterte förmlich vor ihm.

Sollte ich es jetzt einfach töten? Nein, ich traute mich nicht und es gab ja keine Anzeichen von wirklicher Bösartigkeit. Es erschien mir wie ein weiteres Opfer dieses kranken Plots, der hier gerade in St. Fallen ablief.

Sarah hatte mich gesehen. Im Mantel der Nacht stand ich da und sah sie anfliegen. Die zarte Luft tat meinen Nerven gut. Sie landete direkt neben mir und ich stieg kommentarlos ein.

"Hast du was gefunden? So lang warst ja nicht weg...", sagte sie, leicht beunruhigt.

"Flieg einfach los. Aber ja, ich habe einiges Gefunden." Dann zog ich meinen Mantel zur Seite, um ihr das Wesen aus dem Labor zu zeigen, dass ich dort bedeckt hielt. Sie schaute es kurz an und lies dann einen Schrei los, der durch die dreckigen Straßen der Stadt hallte.

Ich schmunzelte nur.

"Wie gesagt, flieg einfach los!"

24

Wir betraten die Treppe des Wolkenkratzer, indem wir durch ein geöffnetes Seitenfenster einstiegen. Nachdem wir den Aufstieg abgeschlossen hatten, standen wir vor unserem Ziel, dem Punkt, an dem wir neue Antworten erhalten wollten. Ich klopfte an der Tür, Sarah hatte das Wesen in der Hand, verborgen in ihrer Jacke, und sie selbst versteckte sich hinter mir. Das kleine Ding atmete, falls man das sagen konnte, aber seit wir aus dem MFI-Gebäude raus waren, hatte es geschlafen. Vielleicht hatten ihre kleine Demonstrationen zu sehr erschöpft.

Ich klopfte noch einmal. War schon spät, fast

Mitternacht. Der alte Wichser schlief wahrscheinlich schon längst. War mir egal.

"Wer ist da?", drang eine schläfrige, schreiende
Stimme durch die Tür.

"Einer deiner besten Freunde," rief ich zurück.

Eine Sekunde der Stille folgte, dann sagte er:
"Ach du Scheiße". Ja, er hatte mich erkannt.

Die Tür ging auf und dieser große und blonde
Mann stand vor uns. Er machte selbst mich klein.
Seine Haaren waren lang und fettig und sein spitzes
Gesicht mit der spitzen, langen Nase hatte einige
neue Falten bekommen, seit ich ihn das letzte Mal
getroffen hatte. Trotzdem war er wohl immer noch
der gutaussehende Kerl, dem die Frauen hinterher-
liefen. Aber dieser gute Gesamteindruck, den er
vielleicht auch auf Sarah gemacht hätte, wurde
schwer beschädigt, durch den hässlichen Bademan-
tel den er trug. Dazu roch es nach Cannabis.

Er grinste mich an und umarmte mich.

"Rhys, du alter Bastard."

"Kirk, schön dich zu sehen!"

"Zeit wird's! Ist ja schon Jahre her."

"Viel zu lang, richtig."

Er schaute mir über die Schulter und bemerkte
die heiße junge Dame hinter mir. Er zog seinen
Kopf leicht zurück und flüsterte mir ins Ohr:
"Schon wieder so ein Prachtstück. Du alter Bastard!"

Wenig wusste er.

Ich drehte mich Sarah zu und führte sie ins Rampenlicht.

"Das ist Sarah."

Kirk wollte den alten Lyundgren-Charme beschwören und verneigte sich leicht, als er ihre linke Hand griff und so tat, als würde er diese küssen. Alles sehr verspielt und elegant. Wie immer.

Ich bemerkte, dass er ihr tief in die Augen blickte. Irgendetwas schien ihn zu beunruhigen. Aber das war ja auch nicht überraschend.

"Kennen wir uns irgendwoher?", sagte er zu ihr.

"Denke nicht."

"Sie erinnern mich an jemanden. Kann aber auch sein, dass sie einfach Rhys typischen Beuteschema entsprechen."

"Wir sind ja noch kein Paar.", witzelte ich.

"Oh."

Ich nickte.

"So, was führt euch zu mir, zu dieser unchristlichen Zeit?"

"Lass uns doch erstmal herein."

Wir betraten seine Wohnung. Kirk war bereits deutlich über 40, dennoch sah es bei ihm immer noch so aus, wie bei einem Teenager. Geräumig war es auch nicht, aber doch gemütlich. Nur der Gestank von Käse und Chips war störend.

Wir nahmen auf einem alten, zerfallenden Sofa Platz, dass uns förmlich einsaugte. Er setze sich auf einen alten Holzstuhl uns gegenüber. Er griff zu einem Nebentisch und nahm sich seine Pfeife, die er dann vorbereite. Die ersten Rauchschwaden, die mich erreichten, genoss ich in vollen Zügen. Rauchen in geschlossenen, auch privaten Räumen, war übrigens verboten. War ihm egal.

"Warum stört ihr denn meinen Schlaf?"

Mir fiel jetzt auf, dass selbst nach all den Jahren sein schwedischer Akzent immer noch durchklang.

Ich begann meine Erzählung. Alle Details, volle zwanzig Minuten lang, ununterbrochen. Seine kantigen Gesichtszüge schwankten zwischen Unglauben, Schock, Abscheu und feistem Schmunzeln. Vermutlich dachte er, je mehr ich ihm erzählte, auch immer mehr, das ich ihn verarschen wollte. Aber ich konnte diese Zweifel natürlich schnell ausräumen.

Ich gab Sarah ein einen Klaps und den Oberschenkel. Sie verstand. Langsam zog sie ihren Mantel so ab, dass man das Ding sah, welches sie Höhe des Brustbereichs hielt.

In wahrer skandinavischer Manier schaute er sich dieses Wesen an. Ich wusste jedoch, innerlich war nicht annähernd so gefasst. Ich bemerkte ein leichtes Kopfschütteln. Er konnte damit einfach nichts anfangen! Nach einer Weile wurde er wieder aktiv: "Und was wollt ihr jetzt von mir?"

"Du warst doch mein Neuropsychologe all die Jahre..."

"Ja und?" Es klang definitiv so, als wollte er mit

der Sachen nichts zu tun haben. Verständlich, hatte er doch eine Karriere zu verlieren! Ich fühlte mich auf einmal wie ein ungebetener Gast.

"Sag mir, ist es mittlerweile möglich, Erinnerungen einzupflanzen?"

"Nein. Nicht mal ansatzweise von Erfolgen in diesem Bereich gehört. Weißt doch. Embodiment Paradoxon und so. Und bei uns an der Uni landet doch so Fortschrittszeug sofort."

Ich brummte kurz und sagte dann: "Keine Möglichkeit eines geheimen Durchbruchs?"

"Möglich ist ja immer alles, aber in diesem Research Sektor sind so viele Leute eingebunden, im ganzen Land, das kann doch kein Geheimnis geblieben sein."

"Ich verstehe. Und was ist mit unserem kleinen Freund dort? Eine Idee?"

"Könnte einen DNA-Check machen."

Das war jetzt überraschend viel Hilfsbereitschaft. Aber so war er wohl in seiner Seele, außerdem war er wahrscheinlich selber total neugierig.

"Aber das System würde dich erfassen und uns dann aufspüren..."

Er lehnte sich weit zurück.

"Ich werde das an der Universität machen. Wir haben da ein Gerät, für spezielle Zwecke, die... sozusagen... Log-In-frei sind."

"Weil ihr Spionage fürchtet?"

Er nickte nur. In Staatseinrichtungen beschiss

man den Staat. Lustig. Aber man wollte wohl auch vermeiden, dass wichtige Ergebnisse prompt in der Privatwirtschaft landete.

"Und wie willst du uns dann Bescheid sagen? Kommunikation ist gerade schlecht bei uns!"

"Bleibt einfach hier."

"Du bist so großzügig!", sagte ich trocken, aber durchaus erfreut.

"Absolut nicht. Aber ich bei ein wissbegieriger Wissenschaftler."

Ich blickte wieder auf Sarah. Sie hielt die Kreatur behütend wie als ob es ihr eigenes Kind gewesen wäre! Aber sie wusste ja nichts. Sie hatte es nicht in Aktion gesehen. Dieses unheimliche Wesen. Wie es mit seinen Gedanken tötete. Innerlich hoffte ich ein bisschen, dass es nie aufwachen würde. Aber das war wohl unfair. Es hatte mir das Leben gerettet, verdammt nochmal!

"Was denkst du denn, was das ist?", fragte ich nach.

"Offensichtlich ein künstlich erschaffenes Lebewesen. Vielleicht auf Basis eines Affen. Oder eines Menschen. Eine Perversion der Natur in jedem Fall."

"Aber die Telekinese, die Telepathie!", warf ich ein.

"Wir werden sehen.", sagt er nur. Unsicherheit schwang in seiner Stimme mit.

In meinen dunkelsten Stunden war er für mich

da, dieser zynische Mann. Die Zeiten, als ich nicht mal ansatzweise als normales menschliches Wesen funktionieren konnte. Wahrscheinlich dachte er, ich war wieder wahnsinnig geworden. Nicht das ich Lügen würde, sondern einfach das ich halluzinierte!

Ich wusste es besser. Ich war nicht verrückt. Oder? Kann nicht sein! Aber irreal war es schon, da musste man ehrlich sein. Vermutlich war Wahnsinn die beste Erklärung für alles. Darf nicht sein!

"Ich bin ein fürchterlicher Gastgeber und muss euch nun alleine lassen.", sagte er und erhob sich wie der Berg, der er war. Er ging zu einem Raum, der direkt an dieses Wohnzimmer angebaut war, nur getrennt durch eine schwarze Ledergardine. Da es leicht geöffnet war, sah ich ein kleines Doppelbett dahinter, gestreift von den Mondstrahlen, die durch ein Fenster in diesen Raum eindrangen.

Als er hinein ging rief er uns noch zu, dass wir Decken in der Ecke finden würden. Dann war er weg. Wie auch immer.

Müde waren wir alle. Sarah legte das Ding behutsam auf ein improvisiertes Bett, bestehend aus Sofakissen, dann sah ich, bereits flachliegend, wie sie direkt vor mir ihre Kleidung ungeniert fallen ließ und mir so ihren BH und das Höschen enthüllte. Ich sah ihren Sanduhr-förmigen Körper von hinten, mit ihrer perfekte Haut, ein brauner Traum aus geschmolzenem stahl. Ich denke sie bemerkte mein Gaffen. Als sie sich zu mir drehte, sah ich noch ein leichtes Grinsen in ihrem Gesicht.

Sie kam näher und ich guckte noch kurz auf ihren perfekten Bauch und üppigen, zusammengepressten Titten. Dann legte sie sich auf der anderen Seite des Sofas hin und schlief nachdem sie noch kurz eine gute Nacht wünschte ein und schnarchte leise.

Auch ich richtete mich ein, bald einzuschlafen. Ich senkte meinen Körper und streckte meine Beine aus. Unsere Füße berührten sich.

25

Die Nacht war so schnell gegangen, wie sie gekommen war. Ich musste mindestens acht Stunden geschlafen haben, es fühlte sich aber nur an wie vier. Ich stand auf und bemerkte etwas Seltsames: Ich hatte nicht geträumt. Zumindest erinnerte ich nicht mehr. War aber das erste Mal seit Monaten.

Sarah befand sich noch in ihrer Schlafposition. Ich ging zu unserem kleinen Passagier. Atmete noch. Also immer noch am Leben. Trotzdem nicht wach geworden.

Ich ging in Kirks Küche, um Frühstück vorzubereiten. Das würde dann das erste anständige Essen seit Tagen sein. Nach einiger Zeit hörte ich aus dem Nichts einen Schrei, der durch die Wohnung hallte, nur um dann in mich zu fahren.

Meine Sinne waren wach und ich drehte mich um. Sarah lag da, zitternd und wimmern. Ich ging zu ihr, beugte mich rüber und berührte ihre linke Backe. Im Gesicht, versteht sich.

„Alles okay?“

Sie versuchte mehrmals ihre Augen zu öffnen, doch sie waren stark verklebt. Aber sie war wieder beherrscht wie sonst auch. Ihr Morgenlächeln drang in meine Seele ein.

„Nur ein seltsamer Traum.“

„Ich muss dich damit infiziert haben.“

„Na immer noch besser damit als mit einer Geschlechtskrankheit.“, kicherte sie.

„Überstrapzier dein Glück nicht!“

Für eine kleine Ewigkeit sahen wir uns gegenseitig in die Augen. So hatte ich mich seit Jahren nicht gefühlt. Aber der Herr Bedenken meldete sich schnell in mir. Es gab ja sowieso noch einen anderen Hahn im Hühnerstall und der hieß Jeremiah Abohzo. Ich entschied mich, die Situation zu beenden.

„Steh auf. Mach gerade ein bisschen Frühstück,“ sagte ich als ich mich wieder aufrichtete.

Sie folgte mir zum Tisch. Ich ertappte mich dabei, wie ich dabei zusah, als ihre saftigen Lippen die Sandwiches verschlangen.

„Woher kennst du diesen Kirk überhaupt?“

„Kriegskamerad.“ Den Therapieteil ließ ich mal weg.

„Verstehe. Aber er sagte doch was, dass er dein Psychologe oder so gewesen war.“

„Ach verdammt.“ Das kleine Luder merkte sich

doch alles.

"Ist doch nichts, wofür man sich schämen müsste. Viele Leute haben... ach, du weißt ja selber wie dieser Satz enden würde."

Ich nickte.

Sie zwinkerte mir zu. "Sag mir doch, du großer Kerl, was ist es denn, was dich so bedrückt? Hat das was mit deinen Träumen zu tun?"

Die Behaglichkeit, die sie ausstrahlte, erschuf in mir eine Bereitschaft mich zu öffnen. Sehr ungewohnt. Ich wollte dagegen ankämpfen, aber es war eine der Situationen, in der man keinen Widerstand mehr leisten kann.

"Es ist seit dem Krieg. Besser gesagt seit dem Ende. Da fingen diese Albträume an. Diese grotesken Nachtmahren."

"Kriegstrauma?"

"Man könnte das so sagen, aber es ist doch... anders."

Sie zuckte kurz ihre Schultern.

"Wie ist es denn anders?", sagte sie in mütterlichem Ton.

"Es ist..." Ich begann mit mir zu Ringen. Mein Gesicht erhitzte sich und wurde feucht. Ich begann mich zu konzentrieren. Versuchte es zu bekämpfen. Es hatte doch keinen Platz hier?

"Ja?"

Meine Festung, die ich mir aufgebaut hatte zerbrach: "...MEINE SCHULD!"

Sarah sprang fast auf, nur um schnell wieder die Fassung zu gewinnen: "Was ist denn deine Schuld?"

"Ich habe sie getötet!", schrie ich, als einige wenige Tränen begannen, mir die Backen hinunter zu laufen.

"Wen... wen hast du den getötet?"

"Na sie. Kekio!"

"Wer ist Kekio? Der Name klingt ja-"

"Meine Frau. Und ja, du hast recht. Sie war wie... wie du!"

"Eine Schlitzäugin?"

"Ja.", sagte ich kühl.

"Hast du sie getötet, weil sie ein Verräter war?"

"Nein."

"Warum dann?"

"Die Freiheitsmikrobe war es! Sie hat sie dahingerafft! Wie all die anderen! Dieses Land hat sie alle getötet. Und ich half dabei mit!", stammelte ich mit intensiver Lautstärke.

Sie nickte fast unscheinbar. Sie hatte es wohl verstanden.

"Ich bin davon ja auch betroffen gewesen, Rhys", sagte sie, als sie ihre Hand ausstreckte um mich zu besänftigen. "Aber es war doch nicht deine persönliche Schuld. Die Regierung hat sie entfesselt. Und immerhin waren es ja wir Schlitzaugen, die dieses Land zerbombten und in Schlachthaus verwandelten."

"Das warst aber nicht du, keiner von euch. Das

waren sie, die von jenseits des Ozeans und ihre Freunde.“

„Die meisten Leute sehen das anders. Für sie ist Blut dicker als Wasser,“ ließ sie sich aus.

Ich war wieder runtergefahren. Das Coming Out war sehr befreiend. Ich atmete mehrmals schnell ein und aus, bevor ich nüchtern feststellte: „Aber ich kämpfte für dieses Land. Und so habe ich im Prinzip meine eigen Frau mit ermordet. Sie war auch noch schwanger. Ich erinnere mich noch genau.“ Meine Stimme begann jetzt zu zittern. „Ich komme nach Hause. Siegestrunken und voller Freude. Dann lag sie da. In der Küche. Aufgequollen voller Blut. Nur sie. Und in ihr mein *ungeborenes Kind*. Kein anderer in der Nachbarschaft. Waren ja auch alle weiß! Ich...“

Ich hyperventilierte. Jetzt strömten die Erinnerungen, auch viele verdrängte, über mich hinein. „Ja, und seit dem hat der Spaß mein Leben verlassen und die Albträume traten stattdessen herein. Mehr als ein Jahrzehnt der Schuld. Des Schreckens. Der Scheiße!“

Ich wandte mich wieder ihren berühigenden Augen zu. Ich fühlte mich, wieder wie ein Kind, das vor seiner Mutter saß. Sie drückte ihren Kopf an meinen und flüsterte nur: „Es ist alles okay.“

„Ich habe es jahrelang bekämpft. Doch dann passierte immer wieder irgendetwas anderes, um meine Wunden wieder aufzureißen. Deshalb spare ich nun mein Geld.“

„Für was?“

„Na für die Gehirnmetzger.“

„SawMind?“

„Ja. War der Plan. Geld sparen, damit meine Erinnerungen an sie löschen. Kirk hat ja versucht mir zu helfen. Aber ich gab nur vor geheilt zu sein. Es ging nie weg. Es ist der einzige Weg. Der Chirurg wird mein Erlöser sein!“

Sie wirkte angeekelt.

„Ist das die Art und Weise, wie du ihr Andenken bewahren willst? Sie einfach aus dir schneiden lassen, wie ein Stück krankes Fleisch?“

„Ich weiß es nicht. Richte nicht über mich! Du hast doch keine Ahnung wie ich mich gefühlt habe und fühle! Du kannst es nicht wissen!“

Sie streichelte mich zart für eine Minute. Sie sagte nichts, ich gewann aber meine Fassung erneut. Jetzt war es aber auch wirklich Zeit, dieses Sentimentalitäten zu beenden und zurück zur Arbeit zu gehen.

„Sarah, wie fühlst du dich gerade?“

„Was meinst du?“

„Ja, genug von mir jetzt. Was wollen wir den jetzt tun? Was ist denn mit deinem Mann? Dem kleinen Kind?“

„Keine Ahnung.“, seufzte sie. „Ich würde sagen, wir gehen die Akten durch, die du mitgenommen hast und warten dann bis dein Freund aus dem Labor zurück ist.“

Worte eines schlauen Mädels. Ich stimmte zu.

Wir beendeten unsere Mahlzeit und legten dann alle Akten auf den Teppich, um sie dann, am Boden sitzend, zu studieren.

Es war viel nutzlose Zeug dabei. Technische Ausdrücke, Abkürzungen, die kein Mensch kannte, die Namen ein paar hoher Politiker. Kunden. Und viele mehr. Manche scheinbar auch aus dem Ausland. Eine globale Zielgruppe. Pervers. Auch wenn es nicht impliziert in den Akten stand, wurde ich immer überzeugter, dass auch die Regierung hier involviert war. Anders war es gar nicht möglich, so etwas in dem Stil durchzuführen, allein die elektronischen Aufzeichnungen, die Kommunikation, nicht zu vergessen, dass der Export von biologisch erzeugen Lebewesen streng verboten war. Ich hatte auch nie während meiner - nun wohl gezählten - Tage als Polizeisöldner jemals davon gehört, dass meine Kollegen jemals ein paar menschliche Sexpuppen verschiebende Schmuggler gestoppt haben.

Ich griff einfach nur Akte nach Akte und überflog das Zeug nach Stichpunkten. Als ich ein neues Blatt zum Studieren herausgriff, musste ich unterbewusst etwas wahrgenommen haben. Vielleicht etwas, was ich nicht wahrnehmen wollte. Ich schaute kurz noch einmal, fand dann aber nichts Signifikantes und machte einfach weiter.

Sarah musste bemerkt haben, dass irgendetwas mit mir nicht mehr stimmte - mal wieder! Sie nutze ihr Lächeln erneut, um zu mir vorzudringen: "Was gefunden?"

"Äh. Nicht wirklich.", stotterte ich.

"Dann such weiter, Cowboy!"

Ich stand auf, legte die Blätter weg und tat so, als ob ich pissen musste. Ich lief in Kirks Badezimmer und schaute tief in den Spiegel, bevor ich mein Gesicht wusch. Ich wusste nicht, was diesen Zustand ausgelöst hatte. Es war aber auch ein turbulente Stunde gewesen. Erst meine Offenbarung Sarah gegenüber und jetzt das stressige Aktendurcharbeiten.

Ich blickte auf die Dusche rechts neben mir. Ich hatte seit Tagen nicht gründlich Körperreinigung - ein Hobby von mir - betrieben. Jetzt war es an der Zeit.

26

Gesäubert von allem Schmutz verbrachte ich die nächste Stunde damit, Fernsehen zu schauen. Sarah lag dabei in meine Armen und ich wunderte mich nur, wie das alles enden würde. Im TV brachten sie ihr tägliches Angebot mannigfaltiger Nachrichten, wie beispielsweise der neuen Selbstmordwelle, armen Flüchtlingen, denen wir helfen mussten und Berichte, von den Bombardements die gegen die Hackerhöhlen in den südlichen Inseln durchgeführt wurden - und wie gerechtfertigt das alles war, da sie unsere Rechte missachteten und eine Gefahr für das bessere Morgen darstellten! Und wer sollte diesen, unseren Staat auch aufhalten? Die Russen hatten wohl kein Interesse.

Ich switchte den Kanal und kam zu einer Talkshow, in der sie den Fortschritt dieses besseren Morgen diskutierten. Ja, Steuern waren hoch, Verbrechensraten auch, mehr als je zuvor, aber am Ende würden wir den Himmel auf erden haben, so der generelle Tenor. Ein Mann brachte ziemlich gute Argumente, warum das alles doch im besten Fall nur Wunschdenken und im schlimmsten Fall schierer Wahnsinn war, doch er wurde konsequent attackiert. Nicht aufgrund sachlicher Argumente, sondern mit der widerlichsten Form dieser - dem moralischen Marktgeschreie.

Dann raschelte es an der Tür. Sarah und ich zuckten simultan zusammen. Die Ereignisse der letzten Zeit hatten uns paranoid gemacht. Paranoider, in meinem Fall.

"Schatz, ich bin daheim!", dröhnte eine bekannte Stimme durch die Wohnung. Gott sei Dank war es nur er. Wir setzten uns an seinem lieblichen Küchentisch zusammen, führten noch kurz spaßiges Smalltalk, bis er dann endlich seine Erkenntnisse enthüllte.

"Der DNA-Scan hat nichts gefunden."

"Nichts?", bohrte ich nach.

"Er konnte keine konventionelle DNA-Struktur erkennen."

"Aber es lebt doch!", sagte ich ungläubig.

„Sicherlich ist dieses Ding organisch und stoffwechselt ordentlich. Ich habe mir mal die Hautprobe angesehen. Ein gewisser Metabolismus war zu erkennen, aber…“

Er legte eine Pause ein. Ich schaute ihn fragend und gespannt an.

„…es gab dann physikalische Probleme.“

„Physikalische Probleme? Kirk, komm zum Punkt!“

„Es war eben so, dass dieser Metabolismus nicht so ablief, wie unter den natürlichen Gesetzen! Einige der Moleküle verschwanden, nur um dann vollkommen ohne erkennbares Muster nach ein paar Nanosekunden wieder zu erscheinen.“ Er atmete tief ein. „Es war bizarr, ich habe so etwas nie gesehen. Ich habe es in Zeitlupe dutzende Male angesehen! Nicht einmal in meinen vielen Jahren der Forschung habe ich vergleichbares gesehen. Irgendetwas seltsames geht da vor.“

Mir war als summten aggressive Bienen in meinem Kopf. Wo war denn nur der Schlüssel zur Tür der Normalität? Vermutlich tief in einer Grube Scheiße versunken.

Ich sah kurz aus dem Fenster, in Richtung der Megalithen der Modernität, den Stahldämonen des Nordens, die jegliche Menschlichkeit in den Schatten stellten. So ein Kontrast zu dem blauen Himmel dahinter und über uns!

Der Fernseher war immer noch an. Schon wieder

Nachrichten. Wieder einmal der gleiche Mist. Jede Stunde. Dann hörte ich im Hintergrund einige Worte, die etwas in mir auslösten.

Die Hackerhöhlen!

Ich erinnerte mich jetzt wieder. Da gab es doch diesen Rudolfo Esteban Cavchez. Alter Zellenhomie. Er gab mir doch etwas... etwas, mit dem ich ihm kontaktieren konnte. Ich hatte es mir bei all dem Stress und Schrecken, den wir erlebt hatten, nicht mehr angesehen. Er war zwar sicherlich durchgeknallt, aber vielleicht wusste er mehr, als es schien? Konnte er uns helfen? Etwas anderes fiel mir aber ehrlich gesagt jetzt auch nicht mehr ein.

Ich sagte Sarah, dass wir jetzt gehen würden. Wir verabschiedeten und bedankten uns noch bei Kirk und verschwanden dann in die Nacht, aus der wie einst gekommen waren.

27

Ich hatte den Kontakt hergestellt. Das Gerät funktionierte hervorragend. Sah aus wie ein kleiner Zauberwürfel, ein Grund, wieso sie es ihm nicht abnahmen, als sie Cavchez in die Zelle steckten. Bei all ihrer Grausamkeit waren die Diener dieses Staates oft naiv.

Über einen verschlüsselten Langwellentransmitter war es möglich, Sprachnachrichten zu verschicken, die die Regierung nicht entdecken konnte. Bevor ich diese Funktion nutzen konnte, musste ich einen

Sicherheitsmechanismus überwinden, der aus einem SUDOKO-artigen Puzzle bestand. Ehrlich gesagt brauchte ich zwei Stunden dafür. Sarah machte sich währenddessen immer wieder über meine Unfähigkeit lustig, und tat so, als wüsste sie alles besser. Meine Gefühle zu ihr waren nun endgültig bei wahrer Zuneigung jenseits der Lust angekommen; ich hatte so nicht mehr gefühlt, seit ich meine Frau kennengelernt hatte. Aber da war noch etwas an ihr, dass mich von Sarah entfremdete. Eine seltsame Mischung aus Angst, Vorsicht und einer gewissen unterbewussten Wahrheit, die schon damals irgendwie mitschwang.

Der Sprecher an der anderen Seite der Leitung hatte meinen Namen aufgenommen und Cavchez kontaktiert. Er gab uns Koordinaten und Anweisungen, sowie ein neues Code-Wort. "Merkt es auch gut, denn falls ihr es nicht könnt, werden wir euch mit Kugeln durchlöchern!", wurden wir gewarnt. Also merkte ich es mir besser. Ich nahm es auch nicht persönlich.

Mit dem fliegenden Gefährt sausten wir über die Stadt hinweg, über schöne, unberührte Landschaften und dann endlich über das Meer. Keine Drohne schien uns in ihr Blickfeld zu bekommen und alles lief deshalb wie geschmiert. Der experimentelle Sprit war auch noch mehr als voll. Ich ergötzte mich noch kurz am sanftem Mondlicht, dass auf die Wellen strahlte.

Die Kreatur schlief immer noch, in Sarahs Armen. Die seltsame Bastardschöpfung, in den Händen einer Frau, die so etwas wie Muttergefühle für es entwickelt haben musste. Sarah wirkte glücklich.

Nach einer Stunde waren wir dann da. Ich sah bereits die Insel, mitten in den tosenden Wellen. Man hätte dort nichts vermutet. Kein Licht, kein Anzeichen für menschliches Leben. Nur unsere Scheinwerfer erleuchteten die Palmen, als ich das Auto am Stand absetzte.

Wir gingen in den exotischen Wald hinein. Es war wie das Paradies. So etwas hatten wir beide zuvor nie gesehen - Sarahs Augen waren groß wie Salatschüsseln. Fehlten nur noch Kokosnüsse, Bikinigirls und ein paar heiße Rhythmen.

Ich folgte den Anweisungen rigide. Überall waren die kaum sichtbaren, kleinen Markierungen angebracht, die man nicht erkannte, wenn man nicht wusste, dass sie da waren. Eine Baumnarbe dort, ein paar angeordnete Steine dort. Ich fühlte mich wie ein alter Pirat auf Schatzsuche.

Ich erspähte das letzte Zeichen. Ein Kreuz gemalt auf einem metallenen Felsen. Ich ging hin und begann den Sand darunter zu durchwühlen.

Sarah lachte mich aus.

"Sieht das so komisch aus?", witzelte ich. Ich bereute diesen Charme-Flirtversuch eine Sekunde später. Ich durfte mich einfach nicht darauf einlassen. Nicht jetzt.

Dann hatte ich ihn gefunden. Ein leicht angerosteter Griff, den ich mit meiner ganzen Kraft anzog. Die massive Abdeckung klappte auf. Unter uns war ein großer Abgrund, der in kompletter Finsternis lag. Ich ging zu erst, die angebrachte Aluminium-Leiter nutzen, Sarah nach mir. Es erschien mir wie der Abstieg in eine metaphorische Hölle. Dann waren wir unten. Nichts passierte. Niemand sah etwas. Die Luft war feucht und modrig und wir standen wohl auf einem leicht schlammigen Untergrund. So blieb das fast zwei Minuten. Wurden wir verarscht?

"Sagt uns das Code-Wort!", dröhnte es Echo-verstärkt durch die Stille.

Ich war kurz wie gelähmt. Ich stellte mir schon vor, wie die Kugeln durch meinen Körper stoßen würden.

"Horny Bitches At Eight!", schrie Sarah.

"Und SHAZAM!", rutschte mir noch verlegen heraus.

Dann hörte ich ein paar mysteriöse Klickgeräusche aus der südliche Ecke. Plötzlich gingen massive, grelle Scheinwerfer an, die meine Augen schmerzen ließen. Nach einer kurzen Anpassungsphase sah ich die vergilbten Wände des Raums, der kleiner war, als der Echoeffekt vermuten ließ.

Dann ging seitlich eine Tür auf und drei kleine picklige Männer betraten den Raum. Lüsterne Blicke in ihren Gesichtern als sie Sarah sahen. Es machte mich wütend. Eine unangenehme und angsteinflössende Situation, zweifellos. Wir in dieser kleinem Raum, wie die Ratten in der Falle!

Wortlos brachten sie uns aus dem Raum, in den schön gefliesten Gang, der insgesamt eher wie ein Krankenhausflur wirkte.

28

Ich verbrachte die nächste Stunde in einem Verhörraum, der mich an einen stinkenden Kerker eines lächerlichen Fantasie-Romans erinnerte. Ich stellte mir noch extra Ketten und Skelette vor. Sarah und das Ding waren nicht bei mir. Zwei Männer mit Masken hatten mir wiederholt Fragen gestellt. Müde machte mich das alles. Sie spielten - einer war der gute Cop, der andere der Böse.

Die Stimme von *Mr Nice* kam mir bekannt vor: "Wer sind Sie?"

"Verfickt nochmal, das ist jetzt das letzte Mal: Ich bin Rhys Thaddeus Faulkner!"

"Ich will ihnen ja glauben. Aber wir können nicht sicher sein! Der Turanide ist mächtig! Er hat viele Formen!", sagte er daraufhin. Oh je, wie sehr ich sein Gesicht umformen wollte.

"Und mächtiger wird er! Immer mächtiger! Sie sind einer seiner Sklaven, ich bin mir sicher!", brummte Mr Bad.

"Ich hab doch keine Ahnung, was ihr Affen da immer wieder stammelt. Lasst mich nun endlich mit Chavchez sprechen!"

"War der Turanide in deinem Kopf?", machte der böse Cop.

"In meinem Kopf war gar nichts, aber in bei dir war der Schwanz von deinem schwulen Vater oft genug bis zum Anschlag drin!", brüllte ich zurück. Klug war es nicht in meiner Position - aber genug war es jetzt aber auch mit dieser Scheiße!

Die beiden kicherten jetzt. Zumindest hatten sie doch Humor, irgendwo tief in ihren paranoiden Hirnen vergraben. Irre waren sie sowieso. Es war ein Fehler hier herzukommen, dachte ich. Ich hoffte nur, dass Sarah und die Kreatur okay waren. Wer wusste schon, was eine Horde einsamer Männer mit ihnen anstellen würde?

Mr Nice führte seine Hand zu seiner Maske und begann sie zu entfernen.

"Cavchez, du Arschloch!", rutschte mir heraus, als ich erkannte, wer sich darunter verborgen hatte.

Sein Lächeln war enorm. Viel zu enorm. Es erinnerte mich an die Psycho-Zombies, die durch unsere Städte wanderten. Lachen - ein Zeichen des Wahnsinns, zumindest in vielen Fällen.

"Sorry, Mann! Mussten sicher sein! Der Turanide ist einfach überall... und allmächtig..."

Sein spanischer Slang machte ihn so süß. Ich wollte ihn trotzdem erwürgen.

"Hör auf mit diesem Turanid-Gebrabbel! Ich habe dich befreit. Jetzt will ich Hilfe von dir!", sagte ich in bestem Befehlston.

“Aber sicher doch!“, jauchzte er, “Mutter sagte immer: Helfe einem Mann in Not!“

Ich war mir nun sicher, dass ich Antworten erhalten würde. Nur weitere Fragen sollten diese nicht aufwerfen. Hatte genug davon. Wirklich.

29

Cavchez begleitete mich zu einem großen Raum, der aussah wie die Brücke eines Schlachtkreuzers. Große Bildschirme an den Wänden und zwei Dutzend Männer in diverse Tastaturen tippend. Ein Poster hing an der Wand: DIGITAL DRAGONS. So nannte sich diese Truppe wohl. Kitschig.

Wir gingen nun zu einem Sitz, vor dem ein ausladendes Terminal angebracht war. Ich setzte mich, er stellte sich neben mich. Ein paar Sekunden später kamen dann Sarah und das Ding, hereingebracht von ein paar Männern, die nach Nerd rochen.

Ich nickte in Richtung Sarah und fragte dann Cavchez: “Was ist nun mit den Klonen?“

“Ganz einfach. Sie hatten einen Doppelzweck!“

“Doppelzweck?“, fragte ich nach und entschuldigte dieses komische Wort dadurch, dass er ja nicht in seiner Muttersprache kommunizierte. Mann!

“Geld und Experimente!“, sagte er wie der Pfarrer in der Kanzel. “Wir haben genug Daten erhackt um 100% sicher zu sein, Mann: Sie testeten ihre

Gedankenimplementierungstechnologie an diesen Ladies!“

„Gedankenimplement... was?“, warf Sarah ein.

„Ein Durchbruch! Es ist jetzt möglich, Gedanken und Ideen in Leute zu verpflanzen!“

„Wie konnte das geschehen? Nach meinen Informationen wurde doch in diesem Bereich kaum ein Erfolg erzielt, in den letzten Jahren.“, sagte ich verdutzt.

„Man könnte sagen, die Jungs bei SawMind hatten Hilfe... von *OBEN!*“, plärrte Chavchez, fast triumphierend.

„Von oben?“, hackte ich nach.

„Aus dem Weltall!“

„Kleine grüne Männchen?“

„Scheinbar sind sie nicht grün!“, verkündete er und fixierte dabei das Wesen in Sarahs Armen.

Verdammt, dachte ich. War das ein schlechter Science Fiction-Roman? War es also keine genetische Züchtung, sondern ein außerirdisches Lebewesen? Sollte ich lachen oder weinen?

„Hör zu, Cavchez, wie genau...“

„Wir wissen es nicht. Sie haben ein paar von ihnen genommen und mit ihrem Gehirngewebe experimentiert. Die Spezies ist von Natur aus telepathisch!“

„Verstehe.“ Nein, tat ich eigentlich nicht! Mein Magen drehte sich. Ich schaute auf Sarah. Sie wirkte, als wäre sie innerlich in Treibsand versunken. Sie hielt die Kreatur nun so anders. Als ob sie sie innerlich weg stoßen wollte.

"Die Sache mit dem Geldmachen war ja offensichtlich," stammelte ich, um nur überhaupt irgendetwas zu sagen.

"Viel Geld haben sie gemacht, Mann. Dafür rückten die Reichen ihr Geld heraus! Die einzigen die noch Kohle haben in diesem Land. Sex sells!"

"Okay. Das macht ja Sinn, aber es ist doch ein schlechtes Geschäftsmodell. Man könnte es doch auch einfach öffentlich anbieten. Weltweit. Heutzutage stört sich doch an so etwas niemand mehr. Bringt auch mehr Kohle."

"Weil er jede Möglichkeit, dass sein Plan fehlschlagen könnte, vermeiden möchte! Niemand darf es wissen! Keine ausländische Regierung, am besten auch so wenig wie möglich in diesem Land! Die Kohle geht auch komplett in das Projekt!"

"Wer ist er? Welches Projekt?"

Er lächelte jetzt über das ganze Gesicht. Seine Position turnte ihn wohl an. Er lief zu einer Konsole links von uns.

"Bereit, dass euer Verstand gefickt wird?", sagte er. Lustig, ich vermutete, dass er eine Jungfrau war.

Er drückte ein paar Knöpfe, es piepste und ein kleiner Video-Clip wurde abgespielt. Als er anlief sagte er noch schnell: "Habt ihr euch schon mal gefragt, wieso Politiker und Journalisten so dämlich sind? Wer sie so gemacht hat?"

Ich schaute ihn ungläubig an. Er sagte nichts, grinste nur.

Die Qualität der Aufnahme war auf Vorkriegsniveau und ruckelte in seiner abstoßenden Unschärfe. Ich sah einen großen Raum, in dessen Mitte etwas war, dass mich an einen Mammutbaum erinnerte. Nur das er mit grüner metallischer Sauce überzogen war. Der Raum war leer. Im Hintergrund konnte ich Konsolen und Bildschirme erkennen, fast wie hier. Der Boden darunter war mit Lüftungsschlitzen ausgestattet.

Jetzt kam ein Mann hinein. Ich versuchte, ihn zu identifizieren. Er erschien mir bekannt. Aber ich kam nicht drauf, das Bildmaterial war auch zu schlecht.

Er ging zum Baum. Aus dem Nichts kam eine Art Tentakel aus der Luft und bewegte sich flott und schlingernd auf den Kopf des Herren zu. Wie ein Oktopus saugte es sich fest und ließ seine Birne komplett verschwinden.

Der restliche Körper zitterte ekstatisch. Obwohl das Video lautlos war, bildete ich mir ein, Schreie zuhören. Es ging drei Minuten so weiter. Dann ploppte die Tentakel herunter und verschwand wieder, wo sie hergekommen war. Der Kopf des Mannes war klebrig überzogen. Er brach zusammen und landete auf dem Boden. Er weinte und flehte. Wie ein Junkie, der mehr wollte. Er rollte sich, so dass die Kamera in besser eingefangen hatte. Ich sah ihn nur in bester Qualität.

Charles Reed - der Vizepräsident dieses Landes!

“Was soll das bedeuten?“, stotterte ich los.

“Warte doch, warte doch.“, kicherte Cavchez und drückte noch einen Knopf. Ein neuer Clip begann. Jetzt waren es zwei Leute. Das gleiche passierte. Nur mit zwei Tentakeln. Dann zeigte er uns noch ein Video. Knapp zwei Dutzend Leute kauernd und jauchzend am Boden.

“Was zur Hölle... Ist das ein Gerät, das Leute sexuell befriedigt, oder was?“, sagte ich in totaler Verwirrung.

“Fast.“

“Sag es mir!“

“Er fütterte sie. Er veränderte ihre Seele. Hat seine Ideen eingebrannt. All das ist so schrecklich. Aber ich kann es verstehen. Von ihm berührt zu werden ist wie... eine Berührung Gottes... Ich habe es gefühlt...“

Er klang wie ein religiöser Fanatiker. “Komm zum Punkt!“, brüllte ich ihn an. Die Nerds um uns herum richteten ihre Blicke auf uns. *WER ist ER?*“

“Der Turanide! Und bald wird er der Herr von jedermann sein! Nicht nur von diesem Land! Von der ganzen Welt! Von jedem einzelnen!“

“Was IST der Turanide?“

“Du sagst dieses Wort so respektlos...“

“Ja.“

“Er ist ein Computersystem. Er ist DAS Computersystem.“

“Sing weiter...“

“Alle Daten, die in einem Gerät gespeichert werden landen ja in seinem Kern, wo sie analysiert werden.“

“Das ist nichts Neues!“

“Sicherlich! Aber du verstehst es immer noch nicht. Er ist keine Maschine mehr! Vor zwei Jahren haben sie die Verbindung geschaffen! Zwischen ihm und dem menschlichen Gehirn! Aber das hatte einen fatalen Nebeneffekt! Das System entwickelte ein Bewusstsein... und hereinspaziert kam der Turanide!“

“Oh nein!“, sagte ich sarkastisch.

“Er hat seine Wege gefunden. Die Wissenschaftler waren so stolz auf ihn. Stolz genug, berühmte und wichtige Leute einzuladen, sich mit ihm zu verbinden. Wunder zu erfahren! Mann! Doch damals wussten sie noch nicht, dass er lebte! Er begann mit ihren Gehirn zu spielen. Sie zu kontrollieren. Und wurde er ihre Droge.“

Das klang schon ziemlich Angst-einflössend. Ich fühlte mich unwohl. Fast.

“Was ist sein Ziel?“

“Wir wissen es noch nicht. Wir haben die Information und Videos erst seit ein paar Tagen. Wir arbeiten daran. Hoffentlich verfolgen sie uns nicht zurück!“

“Ich verstehe. Unsere Eliten stehen also unter der Kontrolle dieses Computers?“

“Das ist ein Teil der Tragödie, ja.“

Was würde jetzt kommen?

Er machte weiter: “Die Wissenschaftler in dem Labor - sie wurden seine Drohnen. Er befahl ihnen, mehr Gehirngewebe der Extraterrestrischen einzupflanzen, in seine biologischen Untersysteme... Noch ist er nicht stark genug... bis jetzt beschränkt sich sein direkter Einfluss durch telepathische Kontrolle auf wenige Meter... indirekt auf ein paar Kilometer.“

“Seine Hentaii-Tentakel braucht er also nicht mehr?“

“Richtig! Schon mal gewundert, woher diese ganzen Albträume kommen, von denen die Leute berichten?“

Ich blickte auf Sarah. Ihr Gesicht war zerkniffen.

“ER ist es. Er greift um sich... Noch ist er nicht mächtig genug... Aber die Experimente mit den Aliens dauern an! Sie vivisezieren sie. Spritzen Hormone. DNA-Manipulation. Sie wollen seine Fähigkeiten maximieren, so dass er das Gehirn jedes Menschen der Erde übernehmen kann!“

Da geht der freie Wille, dachte ich. Glaubte eh nie daran. Cavchez seufzte. Der ganze Redeschwall musste ihn erschöpft haben.

“Können wir etwas tun?“, fragte ich. Erwartete keine nützliche Antwort. “Vielleicht die Medien informieren, mit Beweisen?“ Ich klang wirklich naiv.

„Nutzlos, Mann! Auch dort sind die wichtigen Leute infiziert! Und alle anderen würden sie als Verschwörungstheoretiker beschimpfen! Und hacken können wir den Turaniden auch nicht mehr. Er ist zu mächtig. Seine Sprache nicht mehr binär.“

„Ein Albtraum,“ sagte ich. „Haben wir wenigstens die Adresse des netten Herren?“

„Wo sein Hauptsystem stationiert ist? Nicht mal das wissen wir!“

„Großartig...“

„Aber es gibt noch eine Hoffnung.“, keuchte er.

Ich blinzelte ihn mehrmals an.

„Wir haben einen Namen! Franklin D. Howser! Der führende Wissenschaftler des Projekts! Der Schöpfer des Turaniden!“

„Verstehe...“

„Jetzt ist aber auch er nichts weiter als ein Sklave seiner Majestät. Aber wir haben ja sein Tagebuch gehackt!“

„Nicht sehr nett!“

„Alles war wir haben. Wenn du willst, kannst du es lesen. Vielleicht findest du ja etwas.“

Ich zögerte und nickte dann.

„Sonst noch etwas, Cavchez?“

„Das ist eigentlich alles was wir wissen.“

„Gut.“ Oder schlecht. Wer wusste das noch?

Ich bemerkte, dass Sarah das Weinen begonnen hatte. Ich ging zu ihr, nur um sie mit meiner Nähe zu beruhigen.

30

Da saß ich nun in dem kleinen Raum. Sarah und das kleine Ding lagen in einem der Betten und schliefen. Niemand sonst war hier, außer die Spinnweben und deren Besitzer. Ich hatte einen kleines Notebook vor mir liegen, eine vor-sinnflutliche Datenbank, die an den Rändern mit Ketchup verklebt war. Darauf studierte ich die Tagebucheinträge dieses Herrn Howser. Dies waren die Interessantesten, die ich fand:

17-03-2028

Sehr froh darüber, dass sie mich eingestellt haben. Das Projekt "Moralischer Regierungsratgeber" klingt wirklich interessant. Wir beginnen mit dem Grundkonzept in den kommenden Tagen Kate ist sehr stolz auf mich. Ich glaube, sie hat so etwas wie Zuneigung für mich entwickelt.

23-05-2028

Wir sind schneller als gedacht. Das System fügt sich gut zusammen. Kate hat mich gestern angelächelt. Bald wird der Tag kommen.

14-06-2028

Habe mich total zum Narren gemacht. Ich muss noch viel lernen, was das weibliche Geschlecht angeht.

19-06-2028

Ich hab es versaut. Kate hat jetzt einen neuen
Freund. Ich schätze, ich habe mir ihre Zuneigung
nur eingebildet. Ich bin sehr traurig und habe schon
seit drei Tagen nichts mehr Produktives zum System beigetragen.

27-07-2028

Es funktionierte zum ersten Mal! Das ist wohl die
einzige Freude in meinem Leben. Viel habe ich ja
nicht erlebt. War ja immer daheim und habe meine
Software entwickelt. Aber mithilfe dieses Systems
werde ich ewig leben! Ich werde ein besseres Morgen schaffen!

05-09-2028

Unglaublich. Das System hat so viele mathemati-
sche Optimierungen geschafft. Ganz allein. Es hat
sogar neue Speicherplatzarchitektursysteme be-
rechnet! Am Ende sagte es: Alle Menschen sind aus
dem gleichen Material geschaffen. Der Präsident
war sehr beeindruckt!

19-11-2028

Karl hat einen Spitznamen für unser System gefunden: der Turanide. Klingt gut. Keine Ahnung
aber, wie er darauf kam. Hat wohl irgendetwas mit

den Hunnen zu tun. Vielleicht will er damit sagen, dass das System die Welt im Sturm erobern wird?

13-02-2029

Ein großartiger Durchbruch! Es versteht nun bereits viele komplizierte Fragen, verwandelt sie in einen Datenstrom und löst sie selbst! Die Politik wird sich sehr verbessern, wenn es vollendet ist. Ich bin so glücklich gerade.

14-04-2029

Wir werden morgen ein wichtiges Hauptsystem hinzufügen. Falls es funktioniert sind wir sehr nahe dran, das System offiziell benutzen zu können. Gehen wir an die Öffentlichkeit! Eine neue Zeit des Regierungswesens wird kommen!

03-05-2029

Verbrachte die letzten drei Wochen im Krankenhaus. Das System hatte versagt und kann kaum repariert werden! Mein Leben ist ruiniert und deshalb wollte ich es jetzt beenden. Aber selbst das ist mir nicht gelungen...

14-07-2029

Stehe wieder mit beiden Beinen im Leben. Und hatte gleich eine gute Idee. Wir hatten Teile des Turaniden bereits auf dem menschlichen Gehirn aufgebaut und werden jetzt aber mit dem Hinzufügen von echtem menschlichen Gehirngewebe das Problem lösen. Das ist legal, aber der Berater des Präsidenten sagte es ist okay. Ist ja für ein besseres Morgen.

12-09-2029
Funktionierte!

18-09-2029
Schlechte Nachrichten. Die Regierung ist in Geldnot. Hätte nicht so viel Kohle für nutzloses Zeug rausschmeißen sollen. Aber ich schätze, dazu sind Regierungen da. Nein. Sie machen gute Arbeit. Und bald wird alles besser.

18-12-2029
SawMind hat uns Teile ihrer neusten Technologien vorbeigebracht.

13-01-2030
Scheinbar ist ein Astronaut auf dem Weg zur Lincoln Space Station spurlos verschwunden. Die Nachrichten erzählten von einer Explosion, aber von ein paar Leuten hier, die offiziellen Kanälen nahestehen, habe ich gehört, dass das eine Lüge ist. Ich finde es gut, dass hier vertuscht wird. Die Öffentlichkeit ist skeptisch genug, wenn es um die Wissenschaft geht. Die Freiheitsmikrobe ist schuld. Ignorant sind diese Leute trotzdem. Gut, dass ich

mit ihnen nichts zu tun habe. Und nie hatte.

17-01-2030

Das sind wichtige Neuigkeiten - und streng geheim. Der Astronaut Emil Wallstedt ist zurückgekehrt, nachdem er vor ein paar Tagen verschwunden war. Es ist noch ein Geheimnis, aber angeblich ist er in eine Art Wurmloch gefallen. Er hat es dennoch geschafft zurückzukehren. Ich wundere mich, was er dort erfahren hat. Interessante Dinge passieren mir ja nie.

03-02-2030

Ich muss das erst einmal verarbeiten. Scheinbar gibt es ein stabiles Wurmloch, nur ein paar Kilometer von der Erde entfernt. Auf der andere Seite befindet sich ein Planet, der dem unseren sehr ähnelt. Die Regierung schickt Schiffe dort hin. Unter Geheimhaltung vor der Offentlichkeit. Wahrscheinlich wollen sie es den Asiaten und den Kommunisten vorenthalten.

14-07-2030

Großartig. Karl hat es geschafft, die Moralmatrix, wie er es nennt, fertigzustellen. Jetzt kann der Turanide bald so etwas ähnliches wie Gefühle und Moral empfinden. Er beschrieb es als eine Art simuliertes Hormonsystem. Werden es in den nächsten Wochen einbauen und optimieren. Wenn nur das

Geld nicht so knapp wäre...

03-01-2031

Absolut unglaublich. Ich habe heute mit dem Turaniden gesprochen. Er erschien, wie als ob er ein echtes Lebewesen wäre, mittlerweile. Ein echter Mensch, gefangen in Metall und Elektronik.

08-01-2031

Ich muss langsam die Gespräche mit ihm einstellen. Der Turanide ist neugierig. Will alles über die Vergangenheit des Landes wissen. Warum wir die Freiheitsmikrobe entfesselt haben. Warum die Menschheit sich immer gegenseitig töten will? Er wirkte fast traurig. Aber was erzähle ich hier? Er ist doch nur eine Maschine, ein Toaster.

14-03-2031

Seine Einstellung macht mir langsam Angst. Wüsste ich es nicht besser, würde ich annehmen, dass er einen Hass auf uns entwickelt hat. Oder eine Art Hass-Liebe. Auf uns. Die Menschen. Vielleicht war die Moralmatrix doch keine so gute Idee...

17-05-2031:

Online ist er! Die Party dauerte bis tagelang an. Der Turanide wird jetzt (inoffiziell) von der Regierung genutzt. Er gibt ihnen viele nützliche

Ratschläge. Ich fühle mich wie ein Held, zum ersten Mal in meinem Leben!

22-05-2031:
Mein Job hier ist beendet. Ich bin zwar traurig das ich gehen musste, aber seine Fragen in letzter Zeit wurden ja auch immer persönlicher.

23-06-2031:
Noch mehr unglaubliche Neuigkeiten! Sie haben Kontakt mit außerirdischen Lebensformen hergestellt, da auf diesem anderen Planeten jenseits des Wurmlochs. Sie scheinen gewisse telepathische und telekinetische Fähigkeiten zu haben! Wurde uns heute alles während einer Konferenz mitgeteilt. Bleibt aber streng geheim!

14-07-2031:
MFI und SawMind haben eine Kooperation begonnen. Sie wollen das Potential der Aliens voll ausschöpfen. Habe neulich ein Bild von diesen Viechern gesehen. Nicht so hübsche Kerlchen.

18-08-2031:
Ein neuer Auftrag! Der Turanide braucht Verbesserungen. Ich habe zugestimmt. Ich habe den Jungen eh vermisst. Zurückblickend kommt er mir fast vor wie ein Freund.

23-08-2031:

Sie haben uns Hirngewebe von diesen außerirdischen Lebensformen zur Verfügung gestellt. Das meinten sie also mit Verbesserungen. Wir werden es einbauen und den Turaniden so hoffentlich noch weiter verbessern. Das ist sehr spannend alles!

13-09-2031

Wir haben heute drei lebende Exemplare der Wesen geliefert bekommen. Sie nennen diese Spezies mittlerweile die *Scales*. Sie sind recht clever, aber primitiv. Sehr furchterregend sind ihre Fähigkeiten - uns wurde demonstriert, wie sie einen Stift durch den Raum schweben lassen konnten und unsere Gedanken auf andere Leute übertrugen. Doch mit den richtigen Drogen werden diese unterdrückt, so dass wir in Ruhe arbeiten können. Ich weiß ja, das es irgendwie falsch ist. Aber der Turanide hat mir viel im Ausgleich versprochen. Er will mir freudige Erlebnisse implantieren, die ich in echt nie hatte.

15-11-2031

Es funktioniert einfach! Viele Politiker haben uns heute besucht. Sie haben sich auch überraschenderweise dazu durchgerungen, ihm noch mehr Zugriff auf die SawMind-Technologien zu erlauben. Er wird nun die Hardware erhalten, um Gedanken und Ideen in die Menschen implantieren zu können, um eine bessere Zusammenarbeit zu gewährleisten!

Auf ein besseres Morgen, hat er auf sein Display geschrieben!

14-12-2031
Ich habe es genutzt. Ich war eins mit ihm. Es war wunderbar. Er verlangt aber mehr, als ich bereit bin zu geben. Wir haben zudem die Leichen der geschuppten Wesen entsorgt.

23-01-2032
Jeder liebt ihn. Er verspricht mir die Erinnerung eines Lebens zu geben das ich nie hatte. Spaß, Frauen, Sex. Klingt vielversprechend. Es wird zwar nicht echt sein - aber wen interessiert das noch!

30-01-2032
DER TURANDIE WILL NICHT, DASS ICH SPRECHE!

04-03-2032
Immer mehr Geld fließt in das Projekt. Keine Ahnung, wo sie das jetzt auftreiben, in diesem Pleitestaat. Nebenbei: Er kann jetzt in uns eindringen, ohne physische Verbindung. Daran müssen wir weiter arbeiten.

08-03-2032
War schon seit Tagen nicht mehr in meinem Haus in der Jomon Straße des Garden State. War einfach

nur hier. Hier bei ihm. So wundervoll. All diese Erinnerungen. Süß wie eine Rose.

Alles fügte sich gut in ein abscheuliches Bild zusammen. Es war auch leicht die Lücken zu füllen. Cavchez hatte die Wahrheit erzählt, außer irgendjemand hier hatte zu viel Zeit, so einen gigantischen Witz zu verfassen. Es waren ja noch viel mehr Einträge da. Am wichtigsten war aber nun, dass ich eine neue Spur hatte. *Garden State.* Morgen würde ich dieser nachgehen.

Ein Schatten erschien plötzlich neben mir. Ich zuckte kurz zusammen, doch dann fühlte ich ihre zarte Berührung an meinem Handgelenk. Ich stand aus meinem Stuhl auf und schaute ihr tief in die Augen. Dann umarmte ich sie und ihre sanften Finger wanderten meinen Rücken rauf und runter.

"Rhys, ich brauche dich jetzt. Ich will mich... sicher fühlen...", flüsterte sie.

Ihre Lippen berührten die meinen. Ich konnte nicht widerstehen. Ich konnte nicht. Ich wollte nicht. Ihr BH fiel auf den Boden und Leidenschaft folgte.

31

Drei Menschen rennen. Mann. Frau. Ein kleines Kind. Etwas verfolgt sie. Verdammt. Einer der

Flüchtenden bin ich! Es ist hinter uns! Ein großer Mund! Der Atem... bestialisch... Der Schlund frisst alles, was vor ihn kommt. Wir werden sterben!

Schneller... schneller...

Die Frau stolpert. Ich halte an. Ich muss ihr helfen. Muss helfen! Aber es ist doch keine Zeit! Ich drehe mich dennoch um... gehe hin... ich sehe nach vorne... da kommt es!

Diese hässlichen, gigantischen Zähne. Atem der Rache! Abscheulich!

Doch dann passiert es. Ein Licht erscheint. Es kommt von dem kleinen Kind. Das Licht fällt auf das groteske Monster!

Es beginnt zu würgen! Es verschwindet!

Doch dann.. der Boden! Es kracht.

Der Boden! Er kollabiert. Wir fallen ins Nichts. Ins absolute Nichts!

32

Es begann mit dem Scheppern tausender Atombomben. Ich sprang auf und blinzelte verwirrt umher. Was war geschehen? Sarah wurde ebenfalls aufgerüttelt. Wir sahen uns an und sie zuckte.

Die Kreatur schlief immer noch in dem improvisierten Bett am Boden als wäre Weihnachten. Doch außerhalb des Raues schien die Weihnachtsgans zu toben! Konfuse Schritte, Geschrei, Explosionen und das Rattern von Maschinenpistolen.

Ein Angriff, zweifellos.

Aber von wem? Mit Sicherheit war es die Regierung!

Waren wir Schuld? Führten wir sie zu diesem Ort? Es war möglich. Letztendlich hatten wir diese Höhlen auch einfach viel zu leicht erreicht.

Das war jetzt egal - wir mussten überleben.

Ich ging zum Schreibtisch im Eck und öffnete die Schublade. Dort hatten sie die Waffe abgelegt, die sie mir vorher konfisziert hatte. Ich nahm sie, repetierte und drehte mich wieder zu Sarah.

"Was tun wir jetzt?", fröstelte sie.

"Raus aus dieser Hölle", sagte ich beständig, ich versuchte zuversichtlich zu erscheinen und ihr so die Angst zu nehmen.

Wir sprangen in unsere Kleidung, Sarah schnappte sich unser Adoptivkind und dann gingen wir zur Tür. Ich drückte die Klinke hinunter und spähte hinaus. Am Ende des Gangs sah man in aufgescheuchte Menschen hin und her rennen.

Ich hatte mir den ganzen Bau bereits am Vortag eingeprägt. Meine Paranoia war also schon wieder zu etwas nütze gewesen. Ich signalisierte Sarah mit einer Geste mir zu folgen.

Wir gingen den Gang entlang und konnten auf einen großen Hangar blicken. Dort fand das Massaker statt. Männer in schwarzen Anzügen und verspiegelten Helmen ließen die Hölle auf die hilflosen Nerds regnen. Ihre Weltverbesserungsträume waren damit vorbei.

Wir hetzten in die entgegengesetzte Richtung. Ich entschied mich durch die selbe Luke zu fliehen, durch die wir gekommen waren. Von dort kamen die Eindringlinge sicherlich nicht, da sie Insel wohl zuerst bombardiert hatten, bis sie die Installation wie eine Memory-Karte aufdeckt hatten.

Wir rannten immer noch und ich spürte schließlich Verfolger. Sie waren schnell und tödlich, Steroid-gefüllte Kammerjäger und wir waren die Insekten.

Ich war zu schnell, Sarah kam nicht hinterher. Ich stoppte und ging wieder zurück und nahm ihr das Kind ab. Dann rannten wir weiter.

Eine Kugel zog an uns vorbei. Verdammt. Ich drehte mich um und sah zwei Männer nicht weit hinter uns. Gut, dass ich die Waffe hatte. Ich zielte, während ich nach hinten guckte und nach vorne rannte, und rief meine besondere Gabe erneut ab - das Glas des Helmes eines der Kerle zersplitterte! Jedoch stand er noch. Naja, wenigstens konnte er wohl nichts mehr sehen.

Doch dann feuerte der andere ein paar Volleys ab. Jemand schrie neben mir - Sarah!

Zum Glück war es nur ihre Angst, ich ließ sie jetzt direkt vor mir laufen, so dass mich auf jeden Fall eine Kugel zuerst treffen würde.

Ich hielt kurz an und feuerte nochmal auf den zweiten Killer. Ich traf und rannte gleich weiter, ohne zu sehen, wie er reagierte.

"Schnell!", schrie ich, als wir die Tür zu dem dunklen Raum, den wir gestern von oben betreten hatten, erreicht hatten. Überraschung, sie war offen - ich hatte schwer damit gerechnet, mal wieder ein Schloss knacken zu müssen.

Sarah ging zuerst. Ich schaute noch einmal zurück. Kugeln flogen immer noch überall in der Einrichtung, aber sehen konnte ich niemanden mehr hinter uns.

Sarah war schon halb die Leiter hinauf geklettert. Ich folgte ihr und da standen wir nun wieder im Dschungel. Es war früh am Morgen, die Vögel zwitscherten und waren so ein dissonanter Soundtrack zu diesem Schlachthaus des Wahnsinns. Am Himmel erspähte ich mehrere VTOL-Flugzeuge, einige Modelle kannte ich noch aus dem Krieg. Ein paar Transporthelikopter schwirrten umher, sie hatten wohl die Bodentruppen angeflogen.

Wir schlichen uns verdeckt weiter, schwer schwitzend und noch härter atmend, zu unserem Flugauto und stiegen ein. Ich aktivierte den Motor und wir flogen davon.

Ein weiterer Moment der Wahrheit stand an. Ich hoffe, irgendwie würden sie uns nicht bemerken! Aber wenn sie uns direkt verfolgt hatten hierher... dann würden sie wohl auch auch uns gewartet haben...

Wir hatten jedoch keine Wahl - auf, auf und davon!

Wie eine umgedrehte Sternschnuppe schossen wir in die Luft. Als wir hoch genug waren, blickte ich nach unten. Große Krater er Zerstörung waren überall. Zerfetzte Menschenleichen lagen am Strand. Der Tod war maximiert worden. So viel Brutalität hatte ich nicht mal in meiner Soldatenzeit gesehen.

Ich senkte die Flughöhe und wollte jetzt so knapp wie möglich über den Baumgipfeln fliegen. Ich hätte sie fliegen lassen sollen, verdammt!

Wir kamen immer weiter, doch ich war mehrmals kurz davor mit Felsen und Gestrüpp zusammenzustoßen. Nach einer Weile waren wir weg von dem sterbenden Paradies hinter uns. Explosionen schallten aber noch in unseren Ohren und Pulverdampf zog durch unsere Nasen. Die kalte Luft erregte meine Lungen. Der Mond spiegelte sich so schön in den Meereswillen wie Schneewittchen. Ja, es war romantisch...

Wir waren bereits über dem Ozean. Ich wollte gerade zu Sarah sagen, dass ich unser Glück nicht fassen konnte, doch dann... Propellorgeräusche!

Verdammt!

Die Angreifer waren auf alles vorbereitet, auch auf Leute, die fliehen konnten. Eine Wache am Hinterausgang, sozusagen.

Nun, dann schauen wir mal, was passiert, wenn alte Technologie auf die Zukunft - uns - trifft, dachte ich.

Der Hubschrauber feuerte mehrere Salven des Todes auf uns, doch mit meinen Zick-Zack-Bewegungen konnte ich ausweichen. Er konnte schlicht und einfach nicht mit den Manövrierfähigkeiten dieses Antigravitationsvehikels mithalten.

Sarah war stark. Sie schrie nicht. Das Ding schlief wie ein kleiner, vom Weltall gefallener Engel, in ihren dünnen Armen.

Unser Fahrzeug war auch noch schneller als der Helikopter. Die Zeit arbeitete für uns. Ich dachte kurz, er würde aufgeben. Doch dann erwischte uns sein Maschinengewehr. Wir wurden herumgeschleudert wie in eine Waschmaschine in einer Lawine.

"Mann am Steuer," säuselte Sarah.

Ich schwitzte. *Scheißmotor, bleib bloß ganz!*

Ich bekam wieder die Kontrolle und änderte den Kurs wieder auf das amerikanische Festland. Umkehren war keine Option und eine andere Landemöglichkeit kannte ich nicht.

Trotz allem waren wir nun weit entfernt von unserem Verfolger. Ich drehte mich um und sah ihn abkehren. Ich hoffte nur, er würde keine der VTOL-Jets alarmieren.

Dann bemerkte ich, dass wir zunehmend an Höhe verloren. Nicht sehr schnell und fast perfekt linear. Man hätte es förmlich auf den Zentimeter berechnen können, wo wir auf das Wasser treffen würden. Ich hoffte einfach nur, es würde so nah wie Möglich an der Küste sein.

Ich betete, was schon fast einer Träumerei gleichkam. Aber dieses mal nicht vom Chirurgen...

Der Spießrutenlauf hielt an. In der Ferne sah ich schon die Lichter der Megastadt St. Fallen! Hoffnung war wieder da. Wir kamen immer näher. Vielleicht...

Ich fühlte, dass wir jetzt so nah waren, dass wir es schaffen könnten, den Rest zu schwimmen. Ich senkte das Auto jetzt manuell, in vollem Bewusstsein, dass ich die Flughöhe dank des zerfetzten Getriebes nicht mehr erhöhen können würde.

Ich nickte Sarah zu. Wir zogen alle nicht benötigten Kleidungsstücke aus. Ich würde meinen schönen Trenchcoat vermissen, das war mir klar.

Als wir nah genug am Wasser waren, gab mir Sarah das Ding. Dann sprangen wir beide ab.

Wir trieben nun im Wasser wie ein Embryo im Mutterleib. Wir mussten den Strand erreichen. Da ich dabei immer noch das kleine Alienwesen über dem Meeresspiegel halten musste, machte dies sehr anspruchsvoll.

Kurz dachte ich darüber nach, es hier einfach untergehen zu lassen. Aber dann hätte mir mein Gewissen wohl ein paar neue Albträume geschenkt.

Wir kämpften. Sarah war ja sportlich. Aber die Wellen waren sehr stark an diesem Tag.

Meine Kraft ließ nach. Auch Sarah war scheinbar kurz davor. Ich sah ein paar Möwen über uns und bildete mir glatt ein, sie würden höhnisch über uns lachen.

Doch dann sah ich ein Boot. Es kam direkt auf uns zu.

Es war vorbei, kämpfen war nun sinnlos. Es würde sicherlich die Küstenwache sein. Game over. *Sie ziehen uns aus dem Wasser wie Müllsäcke und dann würden sie uns der regulären Polizei überstellen.*

Mir fiel auf, dass das Boot sehr alt und abgenutzt war. Die Farbe war schon flächendeckend abgesplittert. Auf dem Deck waren viele Leute. Fast alles Männer. Viele. Zu viele für ein Boot dieser Größe.

Jetzt wurde es mir klar. Es war ein Schiff voller illegaler Migranten, auf dem Weg in ihr gelobtes Land. Ich wunderte mich, was sie mit uns machen würden. Helfen oder essen? *Oh Rhys, du und deine dummen Vorurteile...*

Es war ja jetzt auch irgendwie alles egal.

33

Das Boot war nichts anderes als eine Nussschale. Wir saßen auf den Boden und das kühle Salzwasser saugte sich in meine Hosen. Jemand hatte uns zwei zerfranzte Decken zugeworfen. Meine Waffe war verschwunden; scheinbar lag sie nun am Grund des Ozeans.

Die Wellen drückten sich heftigst gegen das Schiff. Ich zählte die Passagiere. Dreiundzwanzig

Stück, auf einer Fläche, die für zwölf geeignet war. Und jetzt waren noch wir dazu gekommen.

Die meisten Männer beglotzten Sarah. Wäre ich nicht dabei gewesen, hätten sie ihr schlimme Dinge angetan. Aus ihren Augen drohte die Lust, aber auch ihre Angst. Sie schienen mich zu fürchten.

Ich hatte das kleine interplanetare Wesen immer noch bei mir und deckte es so ab, dass es niemand sah. Ich malte mir nur aus, wie die Leute auf seinen Anblick reagieren würden.

Die Stille war einnehmend. Jeder Windhauch drang durch die Stille. Sarah schmiegte sich an mich; ihr Puls schlug schnell. Der Riese, der uns aus dem Wasser gezogen hatte, setzte sich direkt neben uns.

"Wo ihr her seit?", sagte er. Ich kann seine Worte hier nur in einer klischeehaften Verzerrung wiedergeben, da ich mich an seine genauen Betonungen nicht mehr erinnere. Seine Grammatik war falsch, doch seine Stimme strahlte eine raue Würde aus.

"Lange Geschichte...", stöhnte ich.

"Schwimmen hier ist gefährlich!"

Ich wollte nicht weiter reden. Zu erschöpft. Zu frierend. Aber es erschien mir dann doch sehr unfreundlich, unseren Retter einfach so abzuwürgen.

"Yeah. Und wo kommt ihr her?"

Er lachte. "Siehst du nicht?"

"Erzähl es mir doch."

“Aus den Karibik-Staaten, natürlich.“

“Und wo wollt ihr hin?“

“Wir suchen das bessere Morgen, dass sie uns versprochen haben!“, verkündete er stolz.

“In St. Fallen?“

“Ja.“

“Ich weiß nicht was man euch erzählt hat, aber die Dinge sind dort lange nicht mehr so wie einst. Und es wird immer schlimmer. Wir haben eine Menge Probleme.“

“Immer noch besser als daheim! Ihr seid reich! Und nicht viel Grenzkontrollen dieser Tage! Diese Chancen wir wollen ergreifen!“

Ich verstand, was er mir sagen wollte. Seit dem Krieg strömten viele Einwanderer in unser Land, die meisten von den Inseln vor der Küste.

“Ich hoffe, du findest dein gelobtes Land dort.“

“Hoffen wir auch!“

“Ach ja, wie heißt du überhaupt?“

“Jemalc.“

“Klingt gut.“

“Und deiner?“

“Rhys. Nenn mich nur Rhys.“

Die Möwen kreisten über uns wie die Geier. Der Himmel. Er war so klar. Die Sterne funkelten wie verstrichenes Gleitgel. Salzgeruch in der Luft. Ein Moment der Schönheit der sich über die Dunkelheit lustig zu machen schien, die bald auf dieses Welt fallen würde.

Wir saßen da noch ein paar weitere Minuten. Die Küste kam näher und näher. Aber das Ding unter meinem nassen Hemd zu halten war auf Dauer sehr zehrend. Ich machte einen Fehler und zog es kurz hervor, um mich in einer bequemere Position zu bringen.

Einer der Männer sah es. Er sprang auf. Er war nicht sehr groß und machte eine Geste in Richtung einiger Männer zu seiner Linken.

Dann kamen sie zu uns. Vier Mann mit ihm.

“Was das?“, sagte er. Er klang fast wie ein hysterisches Weib.

“Was ist was?“, entgegnete ich ruhig und mit gespieltem Unverständnis.

“Du hattest eine Art Baby da! So hässlich!“

Sarah sah mich an. Albtraumhafte Angst in ihren traumhaften Augen.

“Nur deine Einbildung!“, fauchte ich ihn an.

“Lügner! Lügner!“, schrie er. Das ganze Boot schaute nun auf uns.

Er war schnell. Schnell genug mir die Kreatur zu entreißen. Meine Reflexe waren derzeit einfach zu schwach, aufgerieben durch die letzten Tage.

Er hielt es über sich wie einen Pokal.

“Widerliches Wesen! Schrecken meiner Träume!“, verkündete er wie ein tollwütiger Pfarrer.

Ich sprang auf und versuchte es ihm zu entreißen, doch einer seiner Männer verpasste mir einen Schlag in den Bauch. Sarah schrie. Ich krachte zu

Boden. Mühsam blickte ich auf, nicht in der Lage erneut aufzustehen.

"Wir müssen es los werden! Exorzieren wir dieses Monster!", fuhr er fort.

Die anderen Passagiere hatten Angst vor ihm. Ich konnte es sehen. Sarah saß dort, gelähmt vom Schock. Ich drehte meinen Kopf zu Jemalc. Er hatte die ganze Situation apathisch verfolgt. Aber mein Blick schien ihn zu erwecken. Er verstand. Jemalc sprang auf, mit dem Zorn einer Hyäne schmiss er sich auf die Bastarde. Er wirkte wie ein geborener Kämpfer und schlug zwei von ihnen blitzschnell K.O. Doch dann kam der dritte Freund des Anführers und gab ihm einen derben Punch gegen den Kiefer.

Der Mann mit dem Baby rannte zum Ende des Schiffs. Er hielt seine Beute über das Wasser. Ich schaffte es endlich aufzustehen. Mit letzten Reserven rannte ich los.

Doch zu spät.

"Kehre zur Hölle zurück!", schrie der Mann und schleuderte es ins Wasser.

"Nein!", schrie ich los und fegte an ihm vorbei, mit einem Sprung danach direkt ins Wasser, wo ich sofort panisch tauchte und suchte. Ich erblickte einen dunklen Umriss bereits drei Meter unter Wasser. Es sank wie ein Stein!

Ich tauchte so tief es schnell es ging.

Tiefer.

Doch alles lähmte mich.

Es verschwand immer mehr. Alles war so dunkel dort.

Wie ein Blinder fasste ich umher. Ziellos.

Immer panischer.

Wo ist es? Wo ist es?

Dann fühlte ich etwas.

Erwischt! Gerettet!

Ich kam wieder über die Oberfläche und schaute dem Wesen in sein zerknülltes Gesicht. Die Augen immer noch zu. Es atmete. Das Licht spiegelte sich auf der ledrigen Haut. Es hatte vermutlich gar nichts mitbekommen!

Vom Boot aus blickten Sarah und Jemalc auf uns. Sie waren sichtlich erleichtert. Ich lächelte sie an und hob die Kreatur wie eine Trophäe aus dem Wasser. Sie lächelten zurück.

Zurück auf dem Boot, dank der erneuten Hilfe von Jemalc, sah ich dann noch ein paar bewusstloser Typen auf dem verdreckten Boden. Jemalc war einfach ein geborener Kämpfer.

34

Wir verabschiedeten uns von Jemalc und wünschten ihm viel Glück in seinem neuen Leben. Ich machte mir gar nicht die Mühe ihm die ganze Geschichte zu erzählen. Ich wollte ihn da nicht mit hineinziehen. Aber wenn diese ganze Turaniden-Story stimmte dann, ja dann, würde sowieso bald jeder tief in der Scheiße stecken.

Er ging nach Westen, wo er angeblich ein paar Freunde hatte, die schon Jahre vorher nach St. Fallen gekommen waren. Vorher erzählte er uns aber noch von einer geheimen Passage, die seine Leute oft nutzten, um in die Stadt zu kommen. So konnten wir die Grenzkontrollen geschickt umgehen.

Unser fliegendes Auto hatte uns gut gedient und jetzt ohne es war alles nochmal viel schwerer. Wir liefen ein paar Meilen von der Küste aus bis wir die Stadt erreichten. Während unserer Reise sahen wir viele Flüchtlingscamps. Wir mieden sie, um keine neuen Zwischenfälle zu provozieren.

Unser Ziel war klar. Irgendwo in dieser Stadt war ein Mann namens Franklin D. Howser, der Hauptschuldige hinter dieser Sauerei und jetzt ein Sklave seiner eigenen Schöpfung. Wie eine griechische Tragödie.

Wir mussten den Bezirk Garden State erreichen, einen der reicheren dieser Stadt. Ich kannte diese Stadt in und auswendig. Von hier aus mussten wir zwei Grenzposten umgehen, um dort hin zu gelangen. Den ersten konnten wir dank Jemalc elegant umgehen, es gab ein altes Abwasserrohr, das einst chemische Abfälle abgeführt hatte - direkt in das Meer. Nun war es verlassen und wir wateten durch den gammelnden Dreck. Die Regierung wusste scheinbar nichts davon, aber selbst wenn: mittlerweile würde sie keine Anstalten machen diese Wege zu versiegeln. St. Fallen war im Prinzip offen wie ein Scheunentor. Nur nicht gewisse Bezirke in der Stadt, in denen sich die reichen Maden versteckten.

Das verlassene Fabrikgelände am Ende des Rohrs hatte die Atmosphäre Geister-artigen Nichts, Säuredampf schien sich um unsere Lungen zu legen. Ich spürte den kalten Stahl der Geländer, als wir die Treppen hoch und runter stiegen, bis wir zum Ausgang kamen.

Endlich waren wir wieder innerhalb der Stadtgrenzen. Wie Katzen schlichen wir umher, immer auf der Flucht vor möglichen Kameras, die uns identifizieren konnten und diese Informationen direkt an den Turaniden leiten würden. Und dann gab es auch noch diese Scheißdrohnen. Aber damals gab es noch nicht so viele von ihnen.

Es lief gut. Wir hatten den letzten Grenzposten gegen Mittag erreicht. Die Sonne brannte mittlerweile gegen unsere Gesichter. Es war ja auch einer der heißesten Sommer seit Jahren, was mir immer relativ egal war, da ich meist nachts arbeitete und lebte.

Ich sah ein paar der Menschen. Ein bisschen taten sie mir leid. So unwissend. Aber durch ihre Ignoranz doch ein bisschen schuldig.

Diese Grenzposten waren nicht sehr spektakulär. Es waren im Prinzip ein paar Aluminiumtore, Panzerglas und ein paar Backsteine mit Zement. Ich vermutete immer, dass man mit einem netten, robusten Auto da gut durchbrechen konnte. Es gab nur das Problem: Die bewaffneten Wachen mit ihren High-Speed-Sturmgewehren, die an vielen Stellen patrollierten.

Es gab Tore für die motorisierten Vehikel und ein paar für normale Fußgänger. Ich kannte absolut keinen Weg an dieser Stellung vorbei. Durch die Tore konnten wir nicht gehen, selbst mit gestohlenen ID-Cards, da dort alles mit Kameras aufgezeichnet wurde. Ich fluchte noch einmal darüber, dass wir unser Auto verloren hatten! So leicht wäre es gewesen!

Ich schmiedete an einem neuen Plan. Die richtige Idee war mir gerade kurz vorher gekommen.

35

Der Truckfahrer war recht hilfsbereit. Wer würde denn auch nicht einer attraktiven, exotischen Dame helfen wollen, die vor einem Auto am Straßenrand stand und so tat als hätte sie einen Motorschaden? Doch die Verlockungen des Fleisches hatten ein paar Nebenwirkungen. Nebenwirkungen wie eine Faust, die aus dem Schatten kam und den netten Helfer in das Reich der Träume verfrachtete. Und das war dieser Tage kein schönes Reich.

Sarah schien meine Brutalität nicht zu billigen. Kurz machte ich mir Gedanken darüber. Aber ich tat dies ja nur, um das Richtige zu tun. Ich konnte mir keine Fehler erlauben!

Wir stiegen also in dieses tonnenschwere, gut gepanzerte Monstrum.

“Willst du fahren?“, fragte ich Sarah.

“Vergiss es. So etwas fahr ich nicht. Hab nicht mal einen Führerschein für diese Klasse.“

“Ich doch auch nicht...“

Ihr war sichtlich mulmig, doch mir auch. Aber es gab keinen anderen Weg. Und die Zeit drängte. Wir parkten ein paar hundert Meter entfernt von den Toren. Ich brauchte ein klares Schussfeld, so dass ich in gerader Linie anfahren konnte, ohne Hindernisse im Weg. Ich brauchte Maximum-Speed!

Dann kam unser Fenster der Möglichkeiten. Sie feuerten auf uns, doch trafen nur den Anhänger. Diese Symphonie war mir nur zu gut bekannt mittlerweile!

Ich bemerkte noch kurz etwas interessanter: Hinter uns war eine Landschaft des Rosts, der Verwesung, die *mean streets,* doch hier, hinter dem Armutsschutzwall war alles so sauber wie die Seele eines Säuglings. *Clean streets,* dachte ich noch kurz, bevor ich mich wieder auf die Action fokussierte.

Unser Fahrzeug schleuderte wieder dramatisch. Ich hatte enorme Schwierigkeiten auf der Straße zu bleiben.

Der Lärm von Sirenen kam näher. Ich streifte ein parkendes Auto.

“Sarah...“, sagte ich, als ich gerade dabei war einen Sportauto auszuweichen, das direkt vor uns war.

"Ja?"

"Ich kann dieses Ding nicht fahren! Geh ans Steuer!"

"Nein..."

"Mach es!", brüllte ich sie an.

Sie gehorchte. Wir warteten auf den richtigen Moment und führten den Wechsel durch. Alles mal wieder erschwert durch unseren winzigen Passagier.

Sie am Steuer - es fühlte sich so richtig an. Ich sah mir die Kreatur noch einmal an. Der Schlaf der Gerechten! Wie ich es beneidete.

Alles bebte. Ich dachte kurz nach. Ausgehend von den Geräuschen hinter uns bestand das Verfolgerfeld vermutlich nur aus einem Auto. Ich fasste schnell einen Plan. Ich hatte es ja erst getan. Hinauslehnen, den Einmal-Zielen-Einmal-Töten-Skill rausholen und...

Verdammt! Ich hatte ja die Waffe verloren!

"Rhys, festhalten!"

Jetzt gehorchte ich. Keine Ahnung was das Luder vor hatte. Sie wurde langsamer und dann blickte sie kurz auf den Seitenspiegel. Sie kniff ihre Augen zu, als würde sie zielen. Ihre Atmung wurde langsamer.

Dann, mit einer raschen Bewegung zog sie den Truck zur Seite. Ich wurde in selbige Richtung geschleudert. Fast hätte ich gekotzt! Der darauffolgende Zusammenstoß machte es nicht besser!

"Erwischt!", sagte die Stimme neben mir.

Ich fragte gar nicht nach. Sie hatte den Verfolger ausgeschaltet. Bis jetzt wirkte sie immer wie ein Mitglied der Fraktion *Liebe und Frieden*, aber das schien ihr gerade eine Menge Spaß gemacht zu haben. Aber sie war ja keine normale Person und das stimmte in vielerlei Hinsicht.

Unser Vehikel war nun endgültig am Ende und röhrte los wie ein Bock in der Brunft. Wir mussten es loswerden. War ja auch nicht die subtilste Form des Reisens.

Ich bat Sarah das Auto an einer Stelle anzuhalten, die nicht den Anschein machte, als würde sie überwacht. Wir sprangen hinaus, vorbei an einem Holzzaun, einfach rennend ins Nichts. An einer Ecke fanden wir ein paar Stufen, die uns in einen Keller führten. Dort ruhten wir uns ein paar Minuten aus, bevor wir die Reise fortsetzten.

Wir hatten das Ziel erreicht. Ich zweifelte daran, dass sie eine Verbindung zwischen uns und dem *illegalen Grenzübertritt* hergestellt hatten. Sie würden wohl eher ein paar Verrückte auf ein paar neuer Drogen dafür verantwortlich machen. So etwas passierte hier manchmal und endete in diversen Vergewaltigungen der High-Sociey-Damen durch den Abschaum unserer Bezirke.

Dennoch patrollierte die Polizei nun verstärkt. So etwas gab es in unseren Wohngegenden nie, obwohl bei uns die Verbrechensrate natürlich zigfach höher war. Aber ich wiederhole mich.

Weiter ging es. Um unser Ziel zu erreichen, nutzten wir alles was wir zur Verfügung hatten: Feuerleitern, Wände, Bushaltestellen und was-auch-immer, Hauptsache wir waren eine zeitlang vor Blicken geschützt.

Dabei suchten wir an den Schildern der Gartentüren nach dem richtigen Namen. Wir fanden ihn relativ schnell. Howser.

Das Haus vor dem wir nun standen sah aus wie als hätte man es aus dem Katalog *Leben mit der Ehefrau und drei glücklichen Kindern* gerissen und in die Realität verfrachtet. Das Gras wurde definitiv jeden Samstag getrimmt und war grün wie Waldmeister.

Meine Paranoia meldete sich. Es war Mittag und Howser würde nicht daheim sein. Ich glaubte auch, dass er alleine wohnte. Vielleicht kam er auch nicht mal jede Nacht heim und ließ sich stattdessen von seiner Bastardkreation unterhalten.

Würde das Haus einer derartig wichtigen Person nicht mit allerhand technischen Geräten geschützt werden? Auf der anderen Seite: vermutlich kannte ihn niemand. Er war nur ein Nerd, der sein Versagen im echten Leben mit wissenschaftlichen Erfolg kompensierte. Er würde sicherlich total unauffällig aussehen, schwach und gebrechlich. Und so jemand war es, der das Ende der Welt hervorbringen könnte...

Ich wollte unser Glück nicht überstrapazieren. Ich ließ meinen inneren Affen frei und kletterte die

Regenrinne hinauf, dort erreichte ich ein Fenster im zweiten Stock das nur gekippt war. Die Rinne hatte gehalten, obwohl sie knarzte wie ein alter Mann beim Schlafen.

Mit ein paar Detektivtricks hebelte ich das Fenster aus und schlüpfte hinein. Ich berührte den Teppich, um mich nach meinem Sprung abzustützen. Er war sanft. So sanft wie Sarah.

Das Sonnenlicht erhellte den ganzen Raum. Ich wusste zuerst nicht, was das hier alles darstellen sollte. Es war Spielzeug am Boden und an den Wänden Bilder einer glücklichen Familie. Ein Paar und ein kleines blondes Kind mit eindringlichen blauen Augen.

War dies das falsche Haus? Er war doch nicht verheiratet? Hatte er tatsächlich ein Kind? Das würde allem aus dem Tagebuch komplett widersprechen.

Ich sah mir die Bilder an. Die Frau war so schön und perfekt, wie Sarah, aber ihr Äußeres war komplett verschieden. Dieses Weib hier war eine skandinavische Schönheit, die irgendwie eine perfekte Mischung aus Hure und Mutter verkörperte. Der Mann neben ihr spielte definitiv nicht in ihrer Liga; er hatte eine dicke Brille, massive Kraterfalten auf der Stirn und sein Haar war bereits heftig am Verschwinden, auch wenn er kaum älter aussah als fünfunddreißig.

Das Bild war ausgedruckt worden, keine digitale

Hologrammprojektion, die Standard war bei der reicheren Schicht. Ich sah es mir erneut an. Irgendetwas stimmte da nicht. Aber was?

Ich verließ den Raum um mich weiter umzusehen. Und ich wollte Sarah da außen nicht zu lange alleine stehen lassen. Im Flur roch es nach Kirschen. Alles erschien so sauber, wie geleckt. Ich rannte die Treppen hinunter, überprüfte nochmal kurz den Vorraum und die Haustür. Überzeugt, nicht überwacht zu werden, öffnete ich schließlich.

Ein paar Minuten danach saßen wir dann in einem netten Wohnzimmer und gönnten uns ein paar Getränke aus dem Kühlschrank der Designer-Küche. Trotz meiner inneren Triebe hielt ich mich aber vom Alkohol fern.

"Lebst du auch in so einem großen Haus?", fragte ich Sarah, als wir da entspannt saßen und uns erst mal wirklich richtig wohlfühlen konnten.

Sie zögerte kurz. "Nein. Nicht so groß. Wir sind ja... noch nicht so reich..."

Der ganze Satz war mit Melancholie durchtränkt. Sie hatte scheinbar ihrer Mörder-Ehemann fast vergessen gehabt und nun, in Momenten dieser Stille, kam alles zurück. Ich wollte nicht weiter in dieser Wunde herumbohren.

Sarah wiegte das Kind hin und her. Das Kind. Ja, es war jetzt Zeit, es als etwas anderes zu betrachten als nur ein genetisches Experiment. Und falls diese irren Geschichten mit den Außerirdischen stimmten, war es wohl besser so früh wie möglich gute Beziehungen zu ihnen aufzubauen. Also zuerst mal ihre Kinder gut behandeln, sonst würden sie uns mit ihren Laserwaffen wegzappen. Oder so...

"Denkst du wirklich, dass sie ein außerirdisches Wesen ist?", fragte Sarah, als ob sie meine Gedanken gelesen hatte.

"Sie?", antwortete ich schrill.

Sarah schmunzelte nur. "Ich habe nachgesehen."

Ich kicherte los und sagte dann: "Weißt du was, ich habe doch keine Ahnung!"

"Ich glaube, sie braucht einen Namen!", verkündete Sarah stolz.

"Wirklich?"

"Jeder verdient einen Namen..."

"Wie wäre es mit...", fing ich an. Dann verstummte ich kurz, bevor ich fortfuhr. "...Lumina? Wir wollten diesen Namen unserem Kind geben, bevor es--"

"Klingt großartig!", unterbrach mich Sarah.

36

Ein unscheinbarer Mann kam abends nach Hause. Ohne das Licht zu aktivieren warf er seinen Mantel über den Ständer und schlüpfte aus seinen Schuhen. Dann ging er in sein Wohnzimmer und als er den Befehl gab, den Raum zu erhellen, bekam er den Schock seines Lebens: Eine Heiminvasion.

Noch sah er nur Sarah, die sich lasziv auf dem

Sofa räkelte. Ich schlich mich von hinten an und begutachte kurz seinen sich lichtenden Hinterkopf.

"Mr Howser, nehme ich an?", flüsterte ich voller Freude. Er zuckte. Ich machte noch einen Schritt vorwärts und presste ihn meinen Zeigefinger in den Rücken, um einen Pistolenlauf zu imitieren. "Überstrapazieren Sie ihr Glück nicht und versuchen Sie nicht, sich zu wehren."

Er stammelte los: "Wer... wer sind sie?"

"Nur ein Junge und ein Mädchen, die in der Hölle waren. Doch wir kehrten zurück..."

"Was... was wollt ihr?"

Sarah mischte sich ein: "Wir wollen einen gemeinsamen Freund sprechen."

"Und... wer sollte das sein? Ich habe doch gar nicht viele Freunde..."

"Fängt mit T an und hört mit IDE auf!", fauchte ich.

"Ich verstehe immer noch nicht", sagte er, vorgebend nichts zu wissen. Oder vielleicht lähmte ihn die Angst einfach nur.

"Der Turanide!", flüsterte ich.

Er zuckte nun wieder mal zusammen. Ich spürte seine Muskeln, wie sie sich verhärteten.

"Sind Sie einer dieser Verschwörungstheoretiker?", faselte er.

Jetzt wurde es mir zu bunt. Ich griff seinen Nacken und führte ihn zum Sofa.

"Setzen Sie sich, wir müssen reden!"

Ich sah mir nun erstmals sein Gesicht an. Es war mit absoluter Sicherheit der Mann auf den Fotos. In echt sah er aber noch hässlicher aus.

"Wir wissen alles!", sagte ich.

"Über was denn?", entgegnete er kraftlos. Es machte mich nur noch wütender.

"Alles!", brüllte ich.

Er sank immer weiter in sich zusammen.

"Ihr wisst nicht was ihr da tut! Er wird euch holen!", sagte er jetzt.

"Das macht doch keinen Unterschied! Wissen Sie, wie oft ihr Freund und seine Diener uns in letzter Zeit töten wollten?"

Er drehte seinen Kopf zur Seite und blickte auf einen leeren Sessel.

"Marga, hab keine Angst. Er lügt!", keuchte er.

Marga? Ich fragte nicht nach.

"Wie können Sie so etwas unterstützen? Die Straßen sind voller Blut, dank ihm!"

"Marga, so ist es nicht..."

"Wer zur Hölle ist diese Marga?"

Er blickte mich mit weit aufgerissenen Augen an und stotterte: "Meine Frau."

"Die geile Blondine?"

"Ja."

Ich schüttelte den Kopf. "Gratulation zu diesem Weib. Aber wo ist sie gerade?"

"Da drüben sitzt Sie doch!", sagte er überzeugt.

Ich sagte erst mal nichts. Verarschte er mich gerade oder hatte er Halluzinationen?

Ich drehte mich spielerisch zu der Stelle hin, wo sie angeblich saß und sagte: "Hallo Marga, ob Sie es glauben oder nicht - wir sind die Guten!"

Sarah kicherte.

Ich drehte mich wieder zurück.

Sarah blickte Howser jetzt mit mütterlicher Liebe in die Augen: "Mr Howser, wie können Sie so einen Wahnsinn unterstützten?"

"Nichts ist Wahnsinn bei diesem Plan! Er wird unsere Leben besser machen! Er ist sehr fürsorglich. Er wird die hitzige Natur der Menschheit heilen! Es ist doch alles für ein besseres Morgen!", platze er heraus und klang dabei wie eine Fernsehwerbung.

"Ein besseres Morgen? Wissen Sie wie viele Menschen er schon auf dem Gewissen hat?", schrie ich ihn an.

"Sie verstehen nicht," sagte er bedächtig. "Er ist eine sehr nette Person. Er hat mir sogar eine Familie gegeben."

Jetzt verstand ich.

"Aber das ist doch alles nur in ihrem Hirn!", fuhr ich ihn an.

"Es ist aber auch alles was ich immer wollte. Und er gab es mir!"

Es hatte seinen Sinn. Ein großer Teil seines Lebens existierte nur in seinem Geist, gefakte Erinnerungen, gefüttert durch den Turaniden. Vermutlich war sein Verstand schon irreparabel beschädigt. Sein ganzer Gesichtsausdruck, seine Uneinsichtigkeit - das alles machte es mir nun klar, wie der typische Mensch aussehen würde, wenn der Turanide seine volle Macht entfalltet hatte!

Ich erinnerte mich an die Fernsehnachrichten die ich an diesem Nachmittag sah. Tausende Menschen hatten sich aufgemacht zu Rauben, rissen Leute aus ihren Häusern und behaupteten einen Anspruch auf diese zu haben. Angeblich war es auch zu etlichen Vergewaltigungen gekommen. Dazu dann seltsame Berichte über Menschen, die nur noch regungslos durch die Gegend liefen. Lieferungen der Zombie-Beruhigungsdrogen wurden vernichtet. Hier schien eine exakte Planung vorzuliegen, der Tag X schien schon gebucht zu sein! Wann würde der Turanide komplett erwachen? Eine gute Informationsquelle saß direkt vor mir.

"Wann wird der Turanide komplett online gehen können?"

"Online gehen?"

"Wann hat er endlich die volle Macht uns alle zu bereichern?"

"Um sechs Uhr morgens!", sagte er freudig.

"Morgen?", warf Sarah entsetzt ein.

"Ja. Der letzte Bioreaktor ging heute online und wird etwa um diese Zeit aufgeladen sein. Dann beginnt er seine Herrschaft... endlich."

Meine Welt brach gerade erneut zusammen. Das

war schlimmer als gedacht. Was sollten wir tun?

"Mr Howser, sagen Sie mir dann bitte einfach nur eines..." sagte ich und gab Sarah ein Zeichen, Lumina zu enthüllen. "...was ist dieses Ding?"

Howser richtete seinen Blick auf das Wesen, als es Sarah unter einer Decke hervorzog. Er war nicht überrascht.

"Eines dieser extraterrestrischen Lebensformen. Ich habe viel mit ihnen gearbeitet. Traurigerweise sind viel von ihnen verstorben. Aber sie taten es ja für ein besseres Morgen!"

Er war so durch. Abgefuckt und krank. Ich ignorierte meine Abscheu und fragte ihn: "Woher kommen diese Dinger?"

"Sie kennen doch sicherlich die roten Lichter am Himmel?"

Die Irrlichter. Ich nickte.

"Das sind dimensionale Sprünge von speziellen Shuttles. Ein kleiner Nebeneffekt."

Mein Hirn klickte.

"Es war mir immer egal. Da gab es so einen berühmten Astronauten. Der ist auf eine Art Wurmloch gestoßen. Dadurch kam er zu einem anderen Planet. Schaffte es zurückzukehren. Drehte dann aber durch. Die Regierung hat dies aber weiter erforscht. Ist doch klar, ein Schritt führte zum anderen!"

Meine Augen waren nun weit aufgerissen.

"Diese Kreaturen leben auf dieser Welt, die wir

entdeckt hatten. Kulturell noch sehr primitiv, aber sie hatten diese... telepathischen Fähigkeiten. Sie waren sehr nützlich für unsere Zwecke. Sie waren wie Bausätze für uns..."

Ich dachte kurz darüber nach, ihm einfach das Genick zu brechen und ihn so von seinem Leid zu erlösen.

"Na gut. Und wo ist das System installiert, auf dem der Turanid läuft?"

"Warum sollte ich ihnen das erzählen?"

"Weil wenn du mir keine Antwort gibst ich dir deinen Scheißschädel einschlagen werde, du Freak!"

Ich knackte zusätzlich noch mit den Fingern, um dem ganzen mehr Ausdruck zu verleihen.

Er bibberte kurz: "Wissen Sie was? Ich werde es ihnen sagen... es wird ja nichts ändern... kennen Sie noch das alte Hague-Gebäude?"

Das tat ich. Es war einst der Ort eines großen industriellen Werks. Es wurde zu Beginn des Krieges von einer japanischen Bombe zerstört, vor fast fünfzehn Jahren.

"Dort lebt er. In einer ganzen Schönheit. Sie werden nichts mehr ausrichten können. Es ist zu spät." Er kicherte los. "Viel zu spät!"

Natürlich hatte er recht. Das Gebäude würde geschützt sein. Bis morgen würden wir es kaum schaffen, dort einzudringen, egal wie viel Leute ich informieren würde. Die meisten würden mir sowieso nicht glauben. Selbst der Trick mit dem Truck würde nicht helfen!

Ich wollte aber nicht aufgeben. Mir fiel noch etwas ein. Es war die einzige Möglichkeit, die uns retten könnte.

"Mr Howser, ich verstehe jetzt. Wir waren dumm. Wir werden unser Schicksal akzeptieren!", säuselte ich. "Aber ich sorge mich um dieses kleine Kind da drüber. Es schläft seit-"

"Ah ja. Sie kommen mit unserer Atmosphäre nicht so gut zurecht. Sie brauchen von Zeit zu Zeit spezielle Injektionen, um nicht einzuschlafen."

Mit soviel Ehrlichkeit hatte ich jetzt nicht gerechnet. Es musste an seiner Arroganz liegen.

"Ohne diese sterben sie zudem irgendwann."

Sarah sprang auf.

"Und wie lange dauert das normalerweise?"

"Ein paar Tage höchstens!"

Wir hatten also keine Zeit mehr. Wenn wir wenigstens diese Seele retten wollten - und ich schuldete es ihr einfach - dann mussten wir uns eine dieser Injektionen beschaffen.

"Kennen Sie vielleicht jemanden, von dem wir das benötigte Zeug jetzt schnell erhalten können, um dieses süße Wesen zu retten? Es könnte dann auch die süßen Früchte des Turaniden genießen, so wie wir alle.", sagte ich und klang dabei wie ein schleimerischer Vollidiot.

"Sie haben recht. Gehen Sie zu Doktor Crass!"

"Wo können wir ihn finden?"

"Jetzt gleich? Sie haben ihre wöchentliche Party bei der Ranch."

"Ranch?"

"Auf der anderen Seite dieses Bezirks. Ein bisschen abgelegen. War da noch nie. Mein Frau hasst es dort. Stimmt's, Schatz?"

"Wie kann ich diesen Ort finden?"

"Suchen Sie nach dem Lehmvogel... ich kenne die genaue Adresse nicht."

"Dann kommen Sie mit uns!"

"Vergessen Sie es."

"Sie werden!"

Ich ging auf ihn zu und hauchte ihm in sein Gesicht. "Oder ich werde Sie und ihre ganze Familie töten!"

Ich blickte an die Stelle, wo seine imaginäre Frau saß.

"Und ich meine es ernst, Schatz!", rief ich und hammerte mit der Faust auf einen Bilderrahmen auf einer Anrichte neben mir, der splitternd zerbrach.

Die Angst stieg in seinen Augen. Er hatte verstanden.

"Ich hoffe Sie haben ein Auto," sagte ich zu ihm.

Er nickte.

"Gut. Es muss ja nicht unbedingt fliegen können...", sagte ich zu mir selbst.

Bevor wir loszogen borgte ich mir einen neuen Trenchcoat aus seinem Schrank. Er war nur drei

Nummern zu klein. Dieser winzige Wurm. Aber was sollte es. Wenn man schon sterben muss, dann mit Stil, so hatte es mir meine Großmutter immer gesagt.

37

Die Geister, zu denen wir geworden waren, spukten noch noch einmal durch die Nacht. Ich fühlte, dass der große Showdown immer näher kam. Es würde Tränen geben, Erlösung und gebrochene Herzen. Aber davon wusste ich zu dem Zeitpunkt noch nichts.

Auf Grund der Gefahr in die wir uns erneut begaben, nahm ich mir auf dem Weg noch einmal Zeit. Zeit, die Lichter der Stadt zu genießen. So grausam dieses Abenteuer gewesen war, in mancherlei Hinsicht erschien es mir wie eine persönliche Wiedergeburt. Ich musste mir eingestehen: da war ein enges Band mit Sarah entstanden. Was natürlich kein Wunder war, da sie tatsächlich voll und ganz mein Typ war.

Wir erreichten unser Ziel nach einigem Suchen. Ein riesiges Gebäude thronte über uns, eine imposanter Lehmvogel als Statue über dem Eingang angebracht. Ich erspähte eine Horde Sicherheitskräfte, die aber in ziviler Kleidung getarnt waren. Meinen Sinnen entgingen sie dennoch nicht.

Wir warteten im Auto, dass wir auf einem größeren Parkplatz in der Nähe der sogenannten Ranch geparkt hatten. Es war Zeit, uns wieder zu bewaffnen. Ich merkte mir die Patrollienroute einer der Wachen. Mit einem eleganten Bewegungsablauf verließ ich alleine das Auto, duckte mich und verschmolz mit der Finsternis.

Ich erinnerte mich wieder an die Tage, als ich ähnliche Dinge tat. In einem anderen Leben. Aber diesmal war mein Ziel nicht eines dieser Schlitzaugen, sondern eine schlecht ausgebildete Sicherheitskraft, die ich mit Leichtigkeit ausschaltete. Hinter dem Busch sah er mich nicht kommen und nahm sich jetzt sicherlich mindestens eine Stunde zum Schlafen.

Träume den Traum des Turaniden!

Ich war jetzt in Besitz einer Maschinenpistole, obwohl nicht Weihnachten war.

Ich holte die anderen aus dem Auto. Howser befahl ich eng vor mir zu laufen. Wir liefen über den Marmorweg direkt zu den Treppen, an deren Ende der Eingang war. Bewacht wurde er von zwei anderen Leuten.

Einer von ihnen grüßte uns gleich, so dass ich kurz erschrak: "Mr Howser! Endlich kommen Sie uns mal besuchen!"

Howser war ein guter Schauspieler. Sein Smalltalk gelang recht gut. Trotz der Angst, die er wohl derzeit fühlte.

"Wer sind denn ihre bezaubernden Gäste?", sagte der Wächter, als er Sarah ansah. Diese hielt Lumina sehr geschickt versteckt unter ihrer neuen Jacke.

"Gute Freunde. Können wir hinein?"

"Ja. Aber erst muss ich euch durchsuchen..."

In einem Wimpernschlag traf ich meine Entscheidung. Es war ja auch egal, denn über uns war mit Sicherheit eine Kamera, die unsere Gesichter jetzt direkt in den Turanid-Speicherkern übertragen würde. Mit einer Ninja-Bewegung hämmerte ich den beiden Sicherheitsmännern den Gewehrkolben auf den Schädel. Sie brachen sofort zusammen.

Dann gingen wir hinein.

38

Ich hielt mir Howser nah an der Brust. Die Maschinenpistole hatte ich in meiner Seitentasche platziert. Es fühlte sich alles sehr unbequem an, aber die Waffe war Gott sei dank eines dieser neuen Modelle, die nicht sehr groß waren.

Wir hatten nun eine Kathedral-artige Halle erreicht, in der sich Trauben von Menschen befanden. Sie lachten und sprachen, so dass sich alles in eine undefinierbare Geräuschmasse verdichtete. Alle waren sie wie aus dem Ei gepellt. Ein paar dieser Anzüge, die sie an hatten, waren bereits teurer als mein geplanter Chirurgenbesuch! Das galt aber nur für die Männer. Die Frauen, in aller Ehrlichkeit, sahen aus wie Nutten. Das Essen war pompös, alles in allem: wir wirkten fehl am Platz.

"Wo ist der Kerl?", flüsterte ich Howser ins Ohr.

"Habe ihn noch nicht gesehen.“

"Tipp mir auf die Hand, wenn du ihn bemerkst!“

Weiter schritten weiter durch die Menge. Ich bemerkte Zigarettenrauch und Champagner-Schwaden. Es war eine wahre, stinkende Höhle der Erfolgreichen.

Ich bemerkte ein Muster: In einer Richtung hin verdichteten sich die Massen immer mehr. Ohne Zweifel der Mona Lisa-Effekt. Wir folgten diesem Strom.

Einige der Leute kamen mir bekannt vor. Ich kannte ihre Namen nicht, aber sie wahren wohl berühmte Bürger dieser Staat: Bankiers, Journalisten, Politiker, Künstler - das ganze Parasitenpack eben.

Dann erblickte ich jemanden im Augenwinkel:

Jeremiah Abohzo.

Ich hoffte er hatte mich nicht bemerkt, falls er überhaupt wusste, wie ich aussah. Ich verschwieg es Sarah und schob mich so vor sie hin, dass sie ihn nicht sah. Ein Familiendrama brauchten wir jetzt einfach nicht.

Der Pfad führte uns schließlich zu einem hohen Tor. Dahinter lag eine Art Stadium und wir kamen kaum durch die Menschen, so viele waren dort. Dann kamen wir an eine Art Stand. Einige Meter darunter, hinter dem Geländer, war ein großes Feld.

Es war gepflastert mit Ornamenten: Bäume, Häuser, künstliche Flüsse, Brücken. Weit darüber hingen gigantische Bildschirme, die scheinbar Livebilder aus dieser Arena zeigten.

Die Menge jubelte. Es war wie ein Fußballspiel. Und alle sicher hinter massiven Glas, was das Feld von der Tribüne hier oben abgrenzte.

Ich sah im Gelände unter mir Männer umher rennen. Sie waren bewaffnet. Manche feuerten, aufgepeitscht durch die Ekstase des Publikums.

Ich sah dann auf was sie feuerten: eines ihrer Ziele war eine attraktive, junge rothaarige Frau. Sie lag am Boden und blutete. Niemand kam ihr zu helfen. Ich verstand nicht. Zuerst. Dann sah ich weitere Frauen rennen, mit nackter Angst im Gesicht, versuchend sich zu verstecken.

Es nützte nichts. Sie wurden gnadenlos geschlachtet. Ich wandte mich angeekelt und komplett konzeptlos ab und blickte wieder nach oben. Dort sah ich einen noch größeren Monitor. Er zeigte Namen und Zahlen.

Wettquoten.

Sarah blickte mich mit Entsetzen an.

"Was ist hier los?", fragte ich Howser, der das ganze regungslos beobachtet hatte.

"Ich glaube..."

Er verstummte. Ich tat ihm weh. Dann fuhr er fort: "Ich glaube, diese Männer haben viel Geld gezahlt, ihre Frauen zu töten. Ich habe so etwas mal auf der Arbeit gehört."

"Was?", fuhr es aus mir heraus.

"Sie lassen ihre Frauen klonen. Die neuen Hormone machen das möglich. Sie schlüpfen und werden dann hier freigelassen. Und zum Vergnügen ihrer Männer gejagt. Sie machen auch oft selber mit. Oder sie klonen einfach Menschen die sie hassen. Brauchen ja nur ihre DNS!"

Mein Magen drehte sich um. In mir wuchs das Verlangen, einfach die Maschinenpistole zu nehmen, und diese ganzen Bastarde nieder zu mähen.

Wir suchten weiter. Die Zeit rannte. Sie mussten die schlafenden Wächter am Eingang längst bemerkt haben. Ich scannte jetzt den Raum wie eine dieser Überwachungsdrohen systematisch durch.

Ich bemerkte dann eine Unruhe in Howser. Seine Augen waren wie erstarrt als er auf eine Person blickte, die wie bestellt mit dem Rücken an der äußersten Wand des Raumes lehnte und dem Treiben entspannt zu sah. Allein.

"Das ist er, oder?", sagte ich zu ihm.

"Ja.", flüsterte er zurück.

Doktor Krass war eine lange Eiche, fast so groß wie ich, mit langem blonden Haar. Er sah aus wie ein Engel. Ein Engel des Todes, zweifellos.

Wir gingen auf ihn zu. Er bemerkte uns und drehte sich zu uns.

"Doktor Krass, nehme ich an?", begrüßte ich ihn.

Er zog ein fettes Grinsen auf. Natürlich nicht ehrlich gemeint, wie das bei diesen gesellschaftlichen Happenings sicherlich auch Standard war.

"Richtig. Und ich habe die Ehre mit?"

Ich öffnete meine Trenchcoat so, dass er die Waffe sehen konnte.

"Sagen Sie kein Wort oder ich ballere ihnen ein neues Arschloch in ihren Körper."

Er wurde zur Salzsäule.

"Was wollen Sie?", säuselte er.

Diesmal hob Sarah ihre Jacke an und er sah Lumina. Seine Augen weiteten sich sofort.

"Hören Sie zu. Wir wissen alles. Über den Turaniden und den ganzen Scheiß!", sagte ich. "Wir brauchen ein spezielles Serum, um dieses außerirdische Wesen zu retten. Sie sollen es haben. Mehr wollen wir nicht!"

"Ich verstehe. Aber natürlich habe ich es jetzt nicht bei mir...", sagte er schüchtern.

Ich gab ihm einen Clint Eastwood-Blick.

"Wo können wir welches bekommen?"

"Ich habe etwas in meinem Auto dabei, glaube ich, aber-"

"Dann gehen wir da jetzt sofort hin!"

"Okay, aber wollen Sie das wirklich?"

"Wieso?"

"Es ist hier kein Dämpfungsfeld installiert."

"Dämpfungsfeld?"

Er lächelte. "Diese Kreaturen sind sehr mächtig. Wir haben sie mit einem speziellen Strahlungsfeld sozusagen gezähmt, um ihre Telekinese zu schwächen. Und das Exemplar, was sie da dabei haben, sieht aus wie eines von denen, die wir sogar noch genetisch verbessert haben!"

Ich zuckte nur. Sarah zog mich am Mantel. Ich drehte mich kurz um und sah die Menge hinter uns. Zwei Sicherheitsmänner marschierten durch und suchten uns scheinbar, ohne aber viel Aufmerksamkeit erhaschen zu wollen. Die Mordsparty musste ja weiter gehen!

Ich bewegte mich jetzt an Crass vorbei, wobei ich Howser ebenfalls noch mitnahm. Hinter ihm drückte ich Crass die Maschinenpistole in den Rücken.

Wir mussten jetzt in dieser Konstellation durch die Masse durch und nach draußen. Irgendwie.

Wir schritten vorwärts. Sobald die Wächter in unsere Richtung sehen würden, hätten sie uns sofort bemerkt!

Schweiß floss mir den Rücken hinunter. Jeder Schritt war ein Akt der totalen Konzentration, jeder Atemzug eine Bürde der totalen Erschöpfung.

Nach ein paar Metern machte ich einen Fehler. Ich hatte meinen Griff zu sehr gelockert und die Feigheit von Howser vollkommen unterschätzt, so dass Howser sich losreißen konnte. Er rannte direkt in die Menge.

"Hier!", schrie er. Viel lauter, als man es erwartet hätte, von einer Lusche wie ihm. Jetzt waren alle Augen auf uns gerichtet. Wir waren gefangen. Hinter uns und links von uns war nur eine massive Zementwand, vor uns die Menschenwand und links das Spielfeld der Vernichtung, das einen Sturz von gut fünf Metern bedeutet hätte. Gut aber, dass niemand hinter uns war.

Die Wächter rannten jetzt auf uns zu. Wie das Klischee es besagte zuckten sie ihre Waffen und riefen: "Halt!"

Gott sei dank wussten sie nichts von meiner Waffe.

"Er hat eine Maschinenpistole!", schrie Howser. Scheiße.

"Lassen Sie ihre Waffe fallen," sagte einer der Männer in seiner geübten Autoritätsstimme, der sonst bestimmt abends immer von seiner Frau geprügelt wurde.

"Vergesst es. Ich habe zwei Dutzend Männer außen und ein paar noch hier drin! Ihr seid die, die die Waffen fallen lassen sollten!", sagte ich ruhig in einer Macho-Tonlage. Man konnte es ja mal versuchen!

"Er ist allein!", kreischte Howser hinein.

Ich wollte ihn nur noch töten.

Dann sah ich jemanden sich durch die Menge bewegen, sich langsam durchschiebend. Zuerst erkannte ich ihn nicht, doch dann wurde es klar: Jeremiah Abohzo. Sarah hatte ihn ebenfalls bemerkt, in meinem Augenwinkel sah ich das an ihrer Körpersprache.

"Legen Sie jetzt die Waffe auf den Boden..."

Ich nahm die Waffe weg von Crass' Rücken. Ich

dachte nicht daran, ihren Aufforderungen folge zu leisten und richtete die Kanone stattdessen auf die Menge.

"Es ist einfach nicht klug, jemanden zu bedrohen, der einen Kopf von jedem Winkel aus treffen kann, ihr Idioten! Ihr legt jetzt die Waffen weg oder ich werde komplett auf euch alle im Raum ballern! Es ist mir egal! Ihr seid sowieso alle nur dumme Arschlöcher!", verkündete ich wie bei einer Sonntagsmesse.

Die Masse hatte nun noch mehr Angst. Auch die Wachen waren beeindruckt. Ich bemerkte, dass Crass die ganze Zeit Möglichkeiten zur Flucht auscheckte, was meine Konzentration ebenfalls noch zusätzlich beanspruchte.

Doch dann kam Abohzo näher. Er grinste mit totaler Arroganz in seiner dummen Gewinnerfresse.

"Meine Herren, das dort drüben ist meine Frau Sarah. Lasst mich sie zur Vernunft bringen. Sie hat vermutlich ihre Tage," sagte er zu einem der Wachmänner. Dieser nickte.

Abohzo kam noch näher.

"Sarah, sei doch nicht so dumm!"

"Jeremiah... ich...", stammelte Sarah. Ihre Stimme hatte noch viel Liebe für ihn in sich. Aber, nach all dem was passiert war, war ich mir sicher, dass es aus zwischen ihnen war. "Warum hast du die arme Frau ermordet... ihr den Arm abgetrennt?"

Sie atmete schwer.

Ich erwartete jetzt von Abohzo, dass er das ganze leugnen würde. Doch sein Gesicht verwandelte sich mehr und mehr in eine wahre Teufelsfratze, nachdem er die Fragen Sarahs gehört hatte.

"Wir mussten doch das Gewebe überprüfen, Baby!"

"Was?", sagte die geschockte Sarah.

"Wir sollten auch mal das deinige überprüfen..."

"Was meinst du...", sagte Sarah, als ihre Worte immer mehr zusammenbrachen.

"Du weißt es immer noch nicht, oder?"

"Nein! Was denn?", sagte sie, verlassen von aller Kraft.

"Das kleine Mädchen ganz allein. Die einzige ihres Clans, die die Freiheitsmikrobe überlebt hat. Und trotzdem so stolz und gefasst. So klug und gebildet. Und so sexy..."

"Ja, darum hast du dich doch auch in mich verliebt?"

"Meinst du nicht, dass das alles etwas..." - er zögerte kurz und hauchte dann: *"...lächerlich klingt?"*

Ich wusste nicht, was er mit diesen kryptischen Sätzen ausdrücken wollte. Aber Sarah verstand es scheinbar. Sie fiel innerlich zusammen. Ich fühlte ihre Angst.

"Denkst du den wirklich ernsthaft, dass du etwas anderes bist als ein kleines... *Fickspielzeug,* das wir erschaffen haben, meine Frau zu sein, auf Basis einer alten Figur aus einer alten TV-Soap?"

Zonk.

Der Hammer fiel mir auf den Schädel. Gnadenlos.

Zersplitterte Knochenfragmente.

Ich verstand. Oh ja, ich verstand. Darum kam sie
mir so bekannt vor, bereits als sie mein Büro betrat.
Nicht weil sie mich an meine Ex-Frau erinnerte...
ich hatte diese Sendung auch gesehen. *Happy Fami-
ly.*

Wir hatten sie alle gesehen.

Wir hatten diese Figur geliebt, als Kinder. Und
dieser Kerl hatte seine Fantasie wahr gemacht.

Der Mantel der Verwirrung der sich über mich
gelegt hatte, wurde zerrissen durch einen infernali-
schen Schrei. Sarah.

Dann tat sie es noch einmal.

Ich hatte nun meine Konzentration komplett
verloren, Crass riss sich los und schleuderte mich
dabei mit einem Stoß zurück, so dass ich auf den
Boden knallte.

Verdammt!

Er rannte Richtung Menge. Ich sprang schnell
wieder auf. Eine der Wachen wollte Feuern. Wir
waren Freiwild.

Mit der Geschwindigkeit des Steroidblitzes griff
ich meine Waffe und feuerte ein paar Salven in
Richtung des menschlichen Abfalls. Ich war schnell
genug, um beide Wachen zu töten. Ein paar Kugeln
schlugen in die schreiende und flüchtende Menge

ein. Ich hoffte, ich hatte auch Abohzo erwischt, aber ich sah nichts. Die Hoffnung bestand trotzdem.

Ich sah kurz zu Sarah hinüber. Sie war da immer noch. Wie eingefroren stand sie da, vollkommen unberührt von der ganzen Action. Ich rannte zu ihr und flüsterte ihr etwas ins Ohr: "Es ist okay, Baby, es ist okay..."

Dann erblickte ich Crass, der bei seinem Fluchtversuch gefallen war. Blitzschnell rannte ich zu ihm und nahm ihn in den Schwitzkasten.

In der Entfernung rannte plötzlich eine Horde weiterer Sicherheitsmänner auf uns zu.

Ich lief mit meinem Gefangenen rückwärts. Ich musste jetzt improvisieren, es war unmöglich sie alle zu töten.

Ich sah nach links. Das Schutzglas. Es hatte an der Stelle schon ein paar Risse. Vielleicht mit einer gezielten Salve...

Sie kamen näher! Ich hatte keine Wahl.

Ich feuerte gegen die gläserne Wand. Ich hörte es krachen, aber es brach nicht.

Jetzt schossen sie auf uns.

Ich griff mir noch Sarahs Arm, die einfach nicht mehr reagierte, und rammte das Glas, während ich Crass und Sarah hinter mir her zog. Mit brutalster Gewalt brachen wir tatsächlich durch!

Aber das war noch nicht alles. Wir fielen ja noch ein paar Meter...

Irgendwie landete ich in einer schlammigen Pfütze und direkt auf Crass. Das fing den Sturz gut auf. Der Mann unter mir stöhnte. Ich schaute mir kurz meine neusten Narben am Arm ab, zog aber das Glas nicht mal heraus.

Dann drehte ich mich um und sah sie einen Meter hinter mir liegen.

Sarah war auf dem Rücken aufgekommen. Blut lief aus ihrem lieblichen Mund. In ihren Händen hielt sie Lumina. Sie hatten sie mit aller Macht geschützt und hielt sie während des Sturzes immer nach oben, so dass ihr nichts geschehen konnte.

Ich hastete zu ihr rüber und beugte mich über sie.

"Sarah, wir müssen..."

"Nein...", sagte sie. Das Wort einer sterbenden Frau.

"Sarah... es ist okay..."

Aus ihrem Bauch ragte ein scharfes Stück Holz eines abgebrochenen, schmalen Baumes, dass sich direkt durch ihren Oberkörper gebohrt hatte.

Es war vorbei.

"Lass mich einfach, es ist doch egal...", entfuhr ihr noch.

Ich hielt meine Tränen zurück und küsste ihre Stirn.

"Sarah, ich liebe dich."

"Wie... wie kannst du so jemanden... so etwas... wie mich lieben?"

"Weil du das bist, was du bist! Es ist doch egal,

wie du entstanden bist!“

“Rhys, im Falle, dass du mich vermisst... frag einfach Jeremiah, ob er dir eine neue Kopie von mir herstellt...“

Ihre Augen schlossen sich wie in Zeitlupe. Der letzte Atmen entfloh.

Ich hätte noch eine Ewigkeit hier bleiben können, doch eine Kugel riss mich aus der Trauer. Ich stand auf und nahm mir Lumina. Der Bastard Crass lag immer noch da. Mit purem Zorn wollte ich ihn einfach nur sterben lassen, aber ich brauchte ihn. Lumina brauchte ihn!

Ich nahm ihn in den Schwitzkasten und rannte. Von oben ließen die Wächter die Hölle auf uns regnen. Wir nahmen hinter einem großen Stein Deckung ein.

“Liebe Jäger und Freunde des Sports: die Verwaltung gibt allen Teilnehmern jetzt die Erlaubnis auf unsere neuen Mitspieler zu feuern!“, dröhnte aus den Lautsprechern.

Ich wollte meine Waffe greifen. Da war nichts. Ich sah zurück. Da lag sie. Ich könnte sie erreichen, es waren nur drei Meter. Drei Meter - in dieser Situation fast ein Lichtjahr!

Ich atmete ein. Ich machte die Augen zu und rannte los.

Mit einer Rolle wollte ich sie verwirren. Blind auf dem Rücken fasste ich an die Stelle, wo ich sie vermutete.

Ich erwischte sie, rollte mich seitlich ab, sprang auf und hetzte wieder hinter den Brocken. Mindestens zwölf Kugeln hatten mich verfehlt!

Ich drückte mich gegen den Stein und überprüfte die Maschinenpistole. Vor mir sah ich einen Graben und eine fragile Seilbrücke. Zu unserem Glück gab es hier eine Menge Bäume, hinter denen wir in Deckung gehen konnten

Ich sagte Crass, dass wir jetzt über die Brücke rennen würden. Ich war hinter Crass, mit Lumina in den Armen, als wir den hängenden Pfad überschritten. Jemand feuerte und traf die Schnur, die die Bretter hielt.

Mit letzter Kraft stieß ich beide noch auf den sicheren Bereich hinter der Brücke. Für mich war es zu spät, ich stürzte in den Grund.

Doch dann griff ich nach etwas.

Ich erwischte einen Pfeiler. Ich zog mich unter schwerem Feuer nach oben, unter mir ein zwanzig Meter tiefer Abgrund. Morgen würde ich sicherlich einen Muskelkater haben.

Oben nahm ich den wimmernden Crass wieder in den Schwitzkasten. Ich drückte ihm dann Lumina in den Arm. Er war voll mit Angst. Jede Kugel seiner Freunde konnte auch sein Ende bedeuten.

Wie in Trance erlebte ich die folgenden Momente. Ich feuerte auf die ganzen Arschlöcher und suchte verzweifelt einen Weg hinaus. Es war wie als wäre ich wieder im Krieg. Der Berzerker war erneut erwacht.

Ein Mann, der die Reste seiner Familie beschützte...

Blind wie eine Fledermaus navigierte ich durch dieses metaphorische Labyrinth, bis wir an eine Art Schalter kamen, hinter dem ein paar nette Damen den Teilnehmern Drinks servierten, geschützt hinter Glas, dass nur an einigen Stellen Lücken aufwies, durch die die Becher gereicht wurden.

Ich feuerte einfach erneut auf das Glas. Es sprang erneut, ohne zu brechen.

Kurz dachte ich nach, wieder zu springen. Doch dann kam mir die Idee.

Ich schleuderte Crass und er flog wie eine Fee und machte seinen Job gut: Wir konnten durchklettern.

Die Bardamen waren längst panisch geflohen, Lumina wieder in meinen Armen. Ich hob Crass vom Boden auf und erreichten dahinter eine Küche. Am Fenster war eine Feuerleiter. Ich ließ sie hinab und schaute noch kurz, ob dort unten jemand auf uns wartete. Schien sicher zu sein!

Die schöne Skyline der Stadt lag wieder im fahlen Mondlicht, als der Wind mir ins Gesicht blies. Ich ging zuerst, wobei ich die Waffe immer auf Crass richtete. Es war ein schwerer Abstieg, da ich keine Hand wirklich frei hatte!

Eine halbe Minute später standen wir dann in der Gasse. Katzen streunten umher und es roch alles wie Satans Pissoir.

Ich hielt dem noch leicht benebelten Crass die Waffe gegen die Nase und presste ihn so gegen die Wand.

“Wo ist jetzt ihr verficktes Auto?“

Er zeigte Richtung Norden. Ich hoffte sein Richtungssinn war gut und er sagte dazu noch die Wahrheit. Irgendwie glaubte ich ihm. Er wollte ja selber, dass das alles endet.

Wir kamen zu einem Parkplatz, demselben wo wir auch Howsers Auto abgestellt hatten. Das Auto des Doktor war aber auf der anderen Seite.

Seine Karre war alt und runtergekommen. Er scherte sich scheinbar nicht um solche Dinge.

“Geben Sie jetzt das Serum her!“

“Warten Sie.“

“Keine falschen Tricks!“

Er zog seine Keycard aus der Hose und ging zum Kofferraum. Er öffnete ihn vorsichtig. In der Finsternis versuchte er, etwas zu greifen.

BLAM!

Das Arschloch. Die Kugeln seiner Waffe hatte mich am linken Oberschenkel getroffen. Meine Maschinenpistole glitt mir aus der Hand, da ich mich darauf konzentriert hatte, Lumina zu halten. Er wollte noch einmal den Abzug drücken.

Doch ich war schneller. Angetrieben von purem Hass rammte ich ihn gegen sein Auto, so dass er über den rechten Kotflügel flog und den dreckigen

Boden küsste.

Mein Körper schmerzte jetzt noch mehr. Crass sagte nichts mehr. Ich ging zu ihm. Er war direkt auf seinen Händen gelandet. Ich versuchte ihn zu wecken, doch er reagierte kaum noch.

Dann hörte ich Geräusche. Es mussten Dutzende Männer sein! Sie hatten uns gefunden!

Panisch schaute ich umher. Hatte Crass gelogen? Meine Hände glitten wild durch den Kofferraum. Es war meine einzige Chance!

Sie kamen näher!

Ihre Blei-gefüllten Grüße kamen wie bestellt. Eine Kugel traf mich in die Schulter. Blut spritzte und ich sackte kurz ab. Halb gebückt, den Schmerz ignorierend, suchte ich immer weiter!

Noch eine Kugel!

Da. Es war hart und hatte eine Spitze an seinem Ende. Ich zog es raus, betrachte es kurz im sanftem Licht.

Treffer, eine Spritze!

Ich suchte nach der Vene auf Luminas Kopf.

Jetzt oder nie.

Ich spritzte ihr eine Ladung des Serums. Ich hoffte doch, dass es das Serum war und kein Rohrreiniger!

Dann krachte ich endgültig erschöpft und schwer verletzt auf den Boden. Ich presste das Wesen eng an mich. Machte uns so klein, wie es nur ging.

Die Männer waren nicht mehr weit weg.

Wieder Kugeln - game over?!

Doch dann spürte ich es wieder. Dieses seltsame Gefühl in meiner Seele.

Sie war erwacht.

Der Schmerz nahm mir die Gedanken. Die Tötungsmaschinen kamen auf uns zu. Bald würde einer abdrücken. Es war zu spät.

Doch dann passierte es. Einer von ihnen platze förmlich auseinander. Dann immer mehr von ihnen. Ihre Gedärme wurden durch die Gegend geschleudert. Ein Augapfel versaute meinen neuen Trenchcoat. Das Blut landete auf dem Boden, wie sonst nur der Regen.

Schreie der Vernichtung hallten durch die Nacht.

Und dann war Stille.

Totale Stille.

Ich schaute Lumina in ihr groteskes, aber süßes Gesicht. Ihre runden großen, geöffneten Augen sahen mich an, voll mit Zuneigung und Verständnis. Ihr Mund schien zu lächeln. Und ich tat es auch.

Vielleicht sollte ich sie schimpfen, ob der Sauerei, die sie angerichtet hatte.

Kinder dieser Tage...

39

Wir hatten die vergangene Stunde unter einen Brücke des *Great River* verbracht. Auf ein paar Betonpfosten saß ich nun. Ich hatte mir die Kugel selbst entfernt, mit einer rostigen Gabel die ich dort am Boden fand. Eine kleine Infektion würde jetzt auch keinen Unterschied mehr machen. Viel schlimmer war da fast noch der Gestank der Abwässer einer sterbenden Stadt, die in den Fluss gepumpt wurden.

Vor mir am Boden lag Crass. Es erschien mir wie ein natürlicher Platz für ihn, da unten im Dreck, zwischen all den Ratten und zerknüllten Dosen. Er schlief immer noch den großen Schlaf. Ich hielt Lumina in meinen Armen. Die letzte Stunden hatten wir unseren Verstand und unsere Worte geteilt. Obwohl sie geschlafen hatte, hatte sie dennoch unser ganzes Abenteuer mitbekommen.

Sie hatte mich mit auf eine fantastische Reise genommen. Sie zeigte mir Bilder ihrer Welt, eine Welt aus der sie brutal gerissen wurde. Eine Welt, in der Soldaten des Todes raubten und vergewaltigten, experimentierten und folterten. Der Tod kam vom Himmel und als das vor einer so zauberhaften Kulisse: saftige grüne Wiesen, mächtige Berge und neon-schillerende Himmelswolken.

Der Mann am Boden stöhnte auf. Das Arschloch wurde also endlich wach. Ich sah auf meine Uhr. Mitternacht. Geisterstunde. So passend. In ein paar Stunden wurde der Turanide die letzte Phase einleiten. Irgendwie konnte ich ihn bereits spüren. Oder es war nur meine Einbildung.

Der Mann erhob sich langsam vom Boden, wie ein Schatten aus der Finsternis.

“Verdammt... alles Scheiße...“

Ich sah mir dieses erbärmliche Stück Scheiße an. Wegen ihm war Sarah nun tot.

Sarah... ich realisierte ihren Tod erst jetzt so richtig, wenn er nicht mehr vom Adrenalin verschüttet lag. Im Inneren hatte ich schon von einem neuen Leben geträumt, mit ihr. Aber das Leben hatte sich entschieden, mich erneut zu ficken.

Aber jetzt war wirklich nicht die Zeit zum trauern. In ein paar Stunden würde alles egal sein. Vielleicht sollte ich versuchen, das alles zu akzeptieren.

Aber nein. Mein Kampfgeist war zu stark, mein Stolz zu enorm, um eine hirnlose Drohne dieser kybernetisches Intelligenz zu werden. Ich musste ihn aufhalten.

Es musste mein Größenwahn sein. Aber ich war ein Mann, der nichts zu verlieren hatte. Es gab eine geringe Chance. Und diese Chance hielt ich gerade in meinen Händen. Knapp sechzig Zentimeter lang: Ein Wesen von den Sternen. Ich hatte seine Macht gesehen.

Crass war jetzt wieder bei Sinnen und saß aufrecht im Dreck, vermutlich zu geschädigt um abzuhauen.

“Was- was werden Sie jetzt mit mir tun?“, stotterte er.

“Wir sind ab sofort per-Du.“

Er nickte nur und ich fuhr fort: “Erzähl mir von diesen Dämpfungsfeldern. Ich wette meinen Arsch, dass die Basis des Turaniden voll mit diesen ist!"

Er winkte nur ab. "Es gibt keins dort. Kein aktiviertes..."

"Warum?"

"Denk doch mal nach!"

Sehr frech für jemanden in seiner Position. Aber ich wollte gar nicht mehr denken. Ich richtete die Kanone auf ihn und signalisierte ihm einfach, er solle weiter reden.

"Der Turanid muss doch seine Gedankenimpulse aussenden. Sie würden ihn behindern!"

Das hatte Sinn. Ich stellte ihn noch ein paar andere Fragen. Jede Information konnte für meinen letzten Angriff entscheidend sein. Nach ein paar Minuten reichte es mir dann. Ich war bereit zu gehen. Neben mir lag die Spritze mit dem Serum, die bereits *halb leer* war. Ich steckte sie ein und stand auf.

"Crass, eine Sache behagt mich noch. Ich habe ja viele Gründe mitbekommen, warum Leute dem Turaniden halfen. Manche hat er einfach versklavt. Andere hat er mit Sex und Erinnerungen gelockt. Oder vielleicht auch Geld. Aber du? Du scheinst zu keiner dieser Gruppen zu gehören!"

"Einfache Antwort: Er versprach mir etwas... vielen von uns..."

"Ja, was denn?", fauchte ich.

"Die Unsterblichkeit."

Ich fragte nicht weiter nach. Klone, Gedächtnistransfers, etc. Selbst mir erschien das nur als der letzte logische Schritt. Albtraumhaft.

Wir beiden verbrachten noch eine Minute, in der wir uns in der totalen Stille ansahen. Im Hintergrund konnte ich Polizeisirenen hören, Boten des nahenden Chaos.

“Was wirst du jetzt mit mir anstellen?“, fragte Crass verängstigt.

“Ich werde ich gehen lassen!“

“Wirklich?“, sagte er mit Unglauben, aber auch Hoffnung in der Stimme.

“Ja!“, verkündete ich frohlockend.

“Vielen Da-“

Er schrie auf vor Schmerz und konnte sich nicht mehr zu Ende bedanken. Ich hatte ihm drei Kugeln in sein linkes Bein verpasst.

“Du kannst jetzt gehen!“, sagte ich zu ihm und verschwand in die Nacht.

Irgendwie war ich mir sicher, dass er überleben würde. Abschaum überlebt immer.

40

Die Installation war nicht weit entfernt und ich entschied mich einfach zu laufen. In einer Stunde würde ich dort sein. Lumina schaltete eine Polizeistreife auf dem Weg aus, ganz ohne zu töten, das hatte ich ihr beigebracht. Auch wenn die Büttel ein Teil des Systems waren, wollte ich gnädig sein. Ein wenig Qual gestand ich ihnen aber zu, z.B. leichtes

Zusammenstoßen mit einer soliden Wand. Strafe musste sein.

In meinem Geist wurden die Straßen zu einem dunklen Tunnel. Die Neonlichter dieses Distrikts dagegen erschienen mir wie Kerzen, die unsere Degeneration feierten. Die Stille wurde durch gelegentliche Sirenen unterbrochen. Erstaunlich oft. Etwas ging in dieser Stadt vor sich, weit weg von diesen sauberen Ecken.

Am Ende unseres Spaziergangs kamen wir an einen Kanal, vier Meter breit und sehr schnell strömend. Dahinter war solider Stacheldraht und elektrisch-geladene Perimeterzäune. Einen Steinwurf entfernt war eine Häuschen an einer Brücke, die in die Installation führte. Ich schaute Lumina nur kurz an und sie blinzelte zurück.

"Kleine Lady, nutze die Macht," flüsterte ich.

Ihr Geist griff nach außen. Sie sagte mir, dass alles gut werden würde.

Ich ging über die Brücke.

"Halt!", ertönte eine Mikrofon-verzerrte Stimme.

Zwei der vier Wächter kamen auf uns zu. Das nächste was ich sah war, dass sie fliegen konnten. In das Wasser. Der Strom riss sie hinfort. Hoffentlich in den Atlantik.

Die anderen Wachen sahen das, kamen und feuerten. Doch Lumina ließ sie wie an einem unsichtbaren Schild abprallen. Die Kugeln fielen auf den sandigen Boden und kurz danach die beiden Angreifer.

Die Tore wirkten recht gebrechlich, für etwas, was eine so wichtige Einrichtung schützen sollte. Aber Blei war wahrscheinlich der bessere Schutz. Egal, mein Kind riss die Tore einfach aus den Angeln als wäre es Pappe.

Etwas entfernt noch zeichnete es sich ab. Bisher verdeckt durch die Nacht und durch seinen grauen Anstrich erkannte ich ein massives, aber auch nicht allzu hohes Gebäude. Der Weg dort hin war kaum gepflastert und selbst durch die vorhanden Steine wuchs das Gras. Neben dem Pfad herrschte totaler Wildwuchs. Er war wirklich ranzig.

Wir kamen zum Eingang des Bauwerks. Die Tor war hoch wie ein Baum und aus purem Stahl. Lumina hatte die paar Wachen aus ihren Eingangshäuschen schnell ausgeschaltet, doch war nicht in der Lage diese massive Konstruktion zu öffnen Auch ihre Kräfte hatten Grenzen.

Ich ging zum Häuschen neben dem Eingang. Durch ein kleines Fenster neben der Tür in das Häuschen hinein sah ich die betäubten Sicherheitsmänner. Ich wollte die Tür öffnen doch sie war geschlossen. Da ich auch etwas zu unserem Werk beitragen wollte, knackte ich es schnell. Ich hatte es fast vermisst.

Ich ging an den Computer auf dem Schreibtisch, schmiss das Tittenheft von der Tastatur und begann das System kurzzuschließen. Es war nicht all zu schwer. Nach fünf Minuten öffnete sich das gigantische Tor.

Mittlerweile waren ein paar mehr Wachen aufgetaucht. Es war wirklich putzig wie schnell sie ausgeschaltet waren. Wir verließen das Häuschen und betraten endlich das Heim des Turaniden. Das Endspiel sollte nun beginnen.

41

Wir liefen durch den Gelee-artigen Korridor. Von der Decke tropften Schleimschwaden, die einen Geruch wie Magensäure verbreiten. Jeder meiner Schritte hallte wie in einer Steinzeithöhle. Nichts schien sich in diesen verwinkelten Gängen zu befinden. An manchen Wänden entdeckte ich dann abhängende Kabel und zerstörte Maschinen.

Orientierungslos ging unsere Suche weiter. Wir mussten ihn finden. Den Turaniden. Den Kern der Albtraums, der diese Stadt und bald die ganze Welt heimsuchen würde.

Plötzlich drang Lumina wieder in meinen Geist ein. Sie fühlte die Präsenz des Turaniden und führte mich mit ihren Gedanken. Es war, als würde er uns förmlich erwarten.

Doch dann standen wir auf einmal in der Leere. Lumina teilte mir mit, dass sie nun nichts mehr spürte. Hatte er uns reingelegt, uns richtungslos machen wollen, um uns dann wie das Tier auf einer Futterstelle zu erledigen?

Ich überlegte kurz, doch prompt schossen zwei Gitter jeweils vor und hinter uns aus der Decke hinunter. Und dann fegte das Echo von vielen Schritten durch das Gebäude.

Immer schneller drangen die Schallwellen auf uns zu und dann sah ich die dunklen Männer immer näher kommen. Sieben schwarze Ritter des Todes mit automatischen Waffen und dicken Panzerungen. Sie müssten einfach nur abdrücken und uns so zersieben. Aber ich hatte keine Furcht. Lumina würde sie schnell ausschalten.

Der Größte der Männer rief uns mit rauer Stimme zu: "Mr Faulkner, im Namen der Regierung der Vereinigten Staaten von Amerika - geben Sie auf! Lassen Sie alle Waffe fallen die Sie haben!"

Ich dachte nur: *Lumina, tu was du immer tust!* Dazu setzte ich ein breites Grinsen auf und wartete.

"Mr Faulkner, ich zähle jetzt bis drei!"

Ich sah Lumina an. Sie war wach. Aber dann begriff ich es! Sie oder er - die große Nemesis - hatte eines dieser Dämpfungsfelder aktiviert und so ihre Fähigkeiten geblockt.

Mit den Reflexen eines Insekts griff ich nun meine Maschinenpistole, feuerte und sprang dann auf den Boden. Ich hatte keine Deckung hier!

Nun schneite das Blei in unseren Käfig. Ich legte Lumina hinter mich und lauschte dem Klirren der Kugeln, die gegen die Stahlstäbe knallten.

Blind und kauernd hielt ich meine Waffe in ihre

Richtung und feuerte einfach los. Ich rollte mich leicht seitlich, so dass ich besser sehen konnte und zielte! Mindestens drei, soweit ich es in der schwachen Beleuchtung sehen konnte, gingen zu Boden. Ihre Panzer waren scheinbar zu schwach für ein derartiges Kaliber.

Plötzlich hörte ich ein dumpfes Auftatzen eines Gegenstandes. Ich erkannte es sofort.

Heilige Scheiße!

Ich stieß mich vom Boden weg und glitt ungeschickt in die rechte Ecke vor mir. Ich blickte in die Richtung und sah die Granate dort liegen, knapp einen Meter von meiner alten Position entfernt, gleich an den Stäben.

Ich streckte mich und nahm Lumina in meine Hände, klemmte sie vor meinen Bauch und rollte mich ein wie ein Igel. Dann schlug die Druckwelle gegen mich.

Stille folgte und ich hielt meine Augen zehn Sekunden lang geschlossen.

Langsam sie wieder öffnend erkannte ich, dass ich noch lebte.

Reaktionsschnell wie immer sah ich, dass das Gitter nun zerstört war und eine Lücke aufwies. Rauch lag in dem gesamten Korridor.

Das war eine Chance!

Ich sprang auf und schritt durch den Nebel der Vernichtung. Er brannte in meinen Augen wie Buttersäure. Meine Waffe hielt ich vor mir, immer bereit.

Kurz bevor ich aus der Wolke der Verwirrung kam begann ich wieder sichtlos zu feuern. Ich musste auf unsere Angreifer wie ein Dämon der Finsternis wirken, als ich schemenhaft aus den Schwaden erschien.

Ich duckte mich schnell und feuerte die Bastarde in die Hölle. Zwei Kopfschüsse waren mir gelungen.

Besorgt überprüfte ich Lumina. Sie schien in Ordnung zu sein.

"Mach dir keine Sorgen," flüsterte ich ihr zu.

Unerwarteterweise erhielt ich eine Reaktion von ihr. Das Feld musste alles wieder deaktiviert worden sein. Scheinbar hatte der Turanide keine Männer mehr, die uns aufhalten konnten.

Unsere Suche nach diesem Arschloch ging jetzt erstmal ohne Zwischenfälle weiter.

42

Wie wertloser Schleim waren wir durch diese Einrichtung gekrochen; immer tiefer und tiefer. Wir mussten bereits dreihundert Meter unter dem Boden sein, als wir endlich eine enorme Zugangstür erreichten. Erneut zu schwer für Lumina, also suchte ich vergebens nach einem Terminal.

Verdammt, dachte ich, just als sich die Tür von alleine öffnete und dabei röhrte wie ein Passagierflugzeug.

Dahinter lag genau das, was ich bei den DIGITAL DRAGONS auf dem schlechten Videoband gesehen hatte. Direkt in der Mitte das einschüchternde Baum-artige Ding, dazu der gerillte Boden mit den Konsolen in einem Abstand von zwei Metern vom Mittelpunkt des Raumes.

Wir gingen hinein und wurden mit Stille empfangen. Keiner der flachen Monitore lief, nur kalter metallener Geruch hing in meinen Bronchien. Ich schritt bedächtig zu einer der vielen Tastaturen unter dem ersten Bildschirm zu meiner Linken und drückte ein paar Knöpfe. Sie waren mit Fett verschmiert.

Keine Reaktion. Ich drehte mich um und blickte den Baum hinauf. Er führte weit hinauf in einen ausgehöhlten Bereich, doch seitlich war Glas angebracht. Dahinter waren, was ich als massive, künstliche Nervenstränge bezeichnen würde, eingebracht in einer grünlichen biologischen Masse.

Von Lumina empfing ich Traurigkeit. Sie offenbarte mir, um was es sich dabei handelte: verwertete Leichenteile von Mitgliedern ihrer Spezies, manipuliert und verstümmelt, zusammengeklebt und integriert. Ein genetischer Albtraum.

Dann kamen flackernde Geräusche, klingend wie eine schlechte Fernsehübertragen, und die Bildschirme begannen unkoordiniert aufzuleuchten.

DER TURANIDE WILL NICHT, DASS DU SPRICHST!

Ich wich instinktiv einen Schritt zurück. Auf allen Monitoren erschien nun ein digitalisierter menschlicher Schädel. Sein Unterkiefer begann sich zu bewegen.

Mir war bewusst, dass das einen Avatar des Turaniden darstellen sollte. Vielleicht machte er sich so über unsere sterblichen Hüllen lustig.

Die Stimme eines adeligen Engländern dröhnte durch den Raum, ein tiefer Bariton, der sofort Gehorsam in den meisten Menschen erzeugen würde: *"Mr Faulkner, Sie haben mir großen Schmerz bereitet. Ich wollte nicht, dass alles so fürchterlich eskalieren musste!"*

"Du Bastard!", schrie ich ihn an. Es war absurd.

"Unnötige Emotion war schon immer ein Problem ihrer Spezies!", sagte er ohne seinen Ton geändert zu haben.

"Fick dich. Bist es nicht du, der uns ändern will, nur weil er all den Schmerz und die Grausamkeit, die in der Geschichte von den Menschen ausging, nicht ertragen konnte?"

Seine Gesichtszüge, wollte man es so nennen, entglitten ihn kurzzeitig.

"Ihre Worte bedeuten mir nichts! Es wird Zeit, das neue Morgen zu akzeptieren!"

"Niemals!"

"Ich verstehe nicht, wie man so widerspenstig sein kann! Dennoch werde ich ihnen ein Angebot machen."

"Ich nehme es auch gleich an, wenn es bedeutet,

dass du deine Festplatte freiwillig formatierst!“

Der Schädel im Monitor glühte jetzt rot.

“Denken Sie, ich weiß nichts von ihrem Schmerz? Ihrer toten Frau? Oder der ganzen Tragödie, die Sie in den letzten Tagen erlebt haben?“

“Was auch immer.“

“Ich werde Sie heilen. Lassen Sie es mich ihnen zeigen...“

BRZZZ!!! Es fühlte sich an, als griff eine finstere Hand in mein Gehirn und quetschte es wie Plätzchenteig. Mein Verstand spulte Erinnerungen ab. Erinnerungen meines Lebens.

“Nein!“, schrie ich. Ich sah alles. Meine Geburt. Meine Eltern. Meinen ersten Kuss! Die Hunde des Krieges... meine Frau... Mein Kind... ihre Leichen...

“NEIN!“

“Ich kann das alles beenden!“, verkündete der Schädel.

Meine Vergangenheit verschwand vor meinen Augen, ins Nichts. Es fühlte sich so gut an. Der körperliche Schmerz würde von der geistigen Linderung übertüncht. Alles was ich immer haben wollte, war jetzt da. Und das umsonst und ohne den Chirurgen.

Dann erschien ein riesiges Bild von Lumina in meinem Hirn. Und Sarahs Worte knallten mir in den Verstand:

‘Ist das die Art und Weise, wie du ihr Andenken bewahren willst? Sie einfach aus dir schneiden lassen, wie ein

Stück krankes Fleisch?"

Ja, wollte ich so das Vermächtnis meiner Frau und meines ungeborenen Kindes ehren?

Lumina schrie mir geistig zu, ich solle kämpfen!

Doch die Verlockung... der Apfel im Garten Eden... ich war kurz vor dem tödlichen Biss!

Dann... *Erkenntnis!*

Mein Leben waren meine Erinnerungen. Niemals sollte ich davonrennen. Niemals. Ich war all die Jahre nur ein Feigling gewesen, der wegrennen wollte! Wegrennen vor seiner Vergangenheit, nie bereit sie zu akzeptieren!

"NEIN!", brüllte ich erneut, lauter als je zuvor.

Und dann spürte ich meinen Geist immer klarer zu werden.

Ich kehrte zurück ins hier und jetzt und stand wieder in diesem Raum des Bösen, dem Versteck des Turaniden!

"Akzeptiert meine Herrschaft und ich werde deinen Schmerz beenden! Ich kann dieses Ding, was Sie Lumina nennen, auch noch wieder nach Hause schicken, falls sie es wünscht!"

"Niemals.", sagte ich. "Niemals!"

"Sehen Sie nicht meine Großzügigkeit? Ich brauche keinen von euch, ich könnte auch beide jetzt in einem ihrer Wimpernschläge zerquetschen..."

Ich lachte. "Lügner! Wenn du das könntest, warum hast du das nicht schon vor einer Stunde gemacht?"

“Es ist weil... weil ich euch liebe! Ich liebe euch, Menschheit!“, sagte er.

Der Turanide war nichts weiter als ein digitaler Psychopath.

“Ich glaube dir nicht eine Sekunde lang! Deine Macht ist noch zu schwach!“

“Nicht mehr!“

Einige der Bildschirme änderten ihren Inhalt und begannen Ausschnitte der Straßen von St. Fallen zu zeigen: Brandschatzende Banden, die über Menschen und Häuser herfielen, dazu Berichte über ein mysteriöses Phänomen: im ganzen Land lagen viele Menschen auf den Boden, komisches Zeug plappernd und spastisch zuckend.

“Ich habe einige meiner Untersysteme schon ein bisschen früher gestartet. Um zu experimentieren... bald wird die ganze Welt meine Früchte genießen können...“, sagte er triumphierend.

“Du Bastard!“

“Es gibt jetzt kein Entkommen mehr. Schließen Sie sich mir an oder ich werde Sie zwingen und dein Gehirn mit Gewalt manipulieren... und in einer Stunde wird das ganze Land umgewandelt sein, das neue Morgen wird erwachen...“

Ich schüttelte nur mit dem Kopf und spuckte auf den Boden.

Der digitale Schädel des Turaniden nickte nur.
ZAPP!
Ein Blitz schoss mir durch die Neuronen. Mein

ganzer Körper kribbelte schmerzhaft. Ich geriet ins Wanken und fiel auf den Boden. Ich schrie, als brannte mir das Feuer der Hölle perverse Schriftzüge in den Rücken. Mein Geist wurde gefickt; gefickt wie als würde eine Horde gut bestückter Pornodarsteller über ihn herfallen, weil sie ihn mit einem Arschloch verwechselt hatten.

Doch... WUSCH!

Plötzlich endete das alles abrupt...

Ich blickte verwirrt durch den Raum.

"Du dumme Kreatur!", fauchte der Turanide.

Ich schaute auf Lumina, die ich immer noch fest in meinen Händen hielt. Sie war es, die mich aus dem Griff des Tyrannen befreit hatte.

Sie starrte in eines der Abbilder des Turaniden, als wolle sie seine Seele verzehren. Doch er blickte zurück, wie eingefroren. Schwarze Augen der Unschuld gegen die Augen einer bläulich leuchtenden, digital-biologischen Abscheulichkeit.

Er blinzelte und dann begann es.

Reflexartige ließ ich Lumina los, da sie plötzlich heißer glühte als geschmiedetes Eisen.

Doch sie fiel nicht auf den Boden, nein, sie schwebte in der Luft. Ihr Gesicht machte seltsame Zuckungen. Man hätte fast meinen können, sie gebäre.

Die Bildschirme blitzten schneller und schneller.

Showdown.

Ich merkte wie Luminas Präsenz abnahm.

Es war eine Schlacht auf einer Ebene, die ich nicht begreifen konnte.

Ich rannte zu der nächsten Tastatur und begann sinnlos und panisch Befehle einzugeben. Natürlich wirkte keiner. Es waren die Taten eines verzweifelten, verängstigten Mannes!

Ich fühlte: *Lumina lag im Sterben.*

Aber ich konnte doch nicht noch jemanden heute verlieren.

Geruch verbrannten Fleisches lag jetzt in der Luft. Sie wurde förmlich verschmort, bei lebendigem Leibe.

Ich griff zu meinem Maschinengewehr, da ich nun schlicht und einfach versuchen wollte, diese ganze Einrichtung so sehr zu beschädigen, wie nur möglich war.

Doch dann berührte ich etwas anderes.

Die Spritze! Sie war noch halb... *voll!*

Es war, als hätte mich eine Welle der Inspiration getroffen.

Auf wabbeligen Knien hastete ich zu ihr.

Mittlerweile wurde sie durchgeschüttelt wie ein Auto mit Voll-Speed auf einer verkraterten Straße.

Ich zielte vorsichtig! Durfte nicht verfehlen!

Meine Wahrnehmung zerbrach mehr und mehr je länger ich wartete. Ich brauchte doch den richtigen Moment! Es war wie Tontaubenschießen...

Dann zuckten meine Muskeln und ich schoss die Spitze in ihre Richtung.

Die Vene... ich hatte sie erwischt.

Blitzschnell pumpte ich ihr das restliche Zeug in den Körper, bis zum letzten Tropfen. Dann ließ ich mich wieder auf den Boden fallen.

Ich blickte nach oben. Zuerst ging alles so weiter wie bisher.

Hatte ich versagt?

Ja...

Sie würde sterben. Ich hatte versagt.

Erneut.

Doch dann...

Ihre Signale intensivierten sich von Neuem! Der Wahnsinn brach nun aus. Sie drehte sich jetzt wie ein mechanisches Bohrer, ich befürchtete, dass sie jeden Moment von den Zentrifugalkräften zerrissen werden würde.

Die Bildschirme... total verzerrt!

Agonie-gefülltes Rauschen, animalische Schreie ..

Irgendetwas hämmerte in mein Hirn...

Wiederholt.

Mein Geist... Was...

DIE WAHRHEIT!

Lumina... Keiko... Sarah...

Ich verlor zunehmend das Bewusstsein...

Der Raum verschwamm...

Das Glimmern! Das Glimmern!

Der Tod...

Unser Tod...

Ich sah noch einmal auf Lumina und streckte

meine Hand in ihre Richtung aus, als wollte ich Lebewohl sagen. Aus den Maschinen im Hintergrund sprühten die Funken.

Der Turanide! Sein Schädel war schmerzverzerrt. Verwandelte sich in eine Ratte...

Alles flickernd, alles zerbrechend!

Dann diese irren wieder Geräusche... Kreischen...

Lumina, kämpfe doch!

Und dann enden meine Erinnerungen: mein letzter Blick erhaschte noch, wie die Monitore schwarz wurden und kurz darauf erging es mir genauso.

43

Hier stehe ich also wieder, auf dem Dach des größten Wolkenkratzers dieser verrotteten Stadt. Ich erinnere mich noch genau, wie sie uns da liegen fanden. Ich sah ihre verzweifelten Gesichter, als sie verstanden, dass der Turanide tot war.

Lumina hatte ihn getötet.

Dieser Engel hatte seine gesamte Programmierung vernichtet, die ganzen Datensammlungen pulverisiert, inklusive vieler geheimer Backup-Files.

Sie hatten ihn quasi gezwungen, sich selbst umzubringen.

Das Verlangen des Turaniden, alles zu zentralisieren, war zurückkehrt, um ihn ins seinen digitalen Arsch zu beißen und die Stadt atmet jetzt wieder eine Hauch der Zeit der Freiheit.

Die Regierungsmänner ließen uns gehen. Zu groß

war ihre Angst. Ich nahm mir noch ein paar Minuten Zeit und sammelte wichtige Beweise, um mich vor weiteren Problemen abzusichern. Dann später fädelte ich einen Deal ein, der Lumina wieder zurück zu ihrem Planeten bringen würde.

Sie nahm eine Ladung des Serums mit, um es ihrem Volk zu ermöglichen, sich aus dem Griff der Menschen zu befreien. Ich hoffe nur, dass das kein böses Ende bringen wird.

Der Turanide ist zwar tot, doch viele seiner Diener leben noch und besetzen wichtige Stellen in diesem Land. Doch entgegengesetzte Kräfte räumen bereits auf, genauso wie die Plünderungen der letzten Tage radikal niedergeschlagen wurden.

Ich arbeite jetzt wieder bei der Polizei. War alles kein Problem.

Viel wichtiger ist aber, dass ich nun hier stehe und die Früchte des Lebens endlich wieder genießen kann. Der Wind streift mich mit einer zärtlichen Brise, als ich mir weiterhin die Leuchtshow ansehe, in die sich St. Fallen bei Nacht verwandelt. Ich überblicke die Straßen, die Gebäude und die Wolken.

Dabei sehe ich es: Eine rote Flamme leuchtet am Himmel auf. Ich frage mich, ob das Lumina auf ihrem Weg nach Hause ist. Eine Träne läuft über meine linke Wange. Dann drehe ich mich um und verschwinde in die Dunkelheit.

Wer weiß schon was die Zukunft bringen wird?

Oh mein Gott, ich erinnere mich an etwas...
WEIJN!
Er wird mir ein neues Arschloch verpassen.
Manche Dinge ändern sich eben nie. Gott sei
Dank.

...*ENDE*...